KEITAI
SHOUSETSU
BUNKO
野いちご SINCE 2009

葵くん、そんなに
ドキドキさせないで。

Ena.

スターツ出版株式会社

イラスト／霊子

「ねぇ、俺の彼女にならない?」
　突然、私にこんなことを言ったのは……。
　みんなに笑顔を振りまく王子様でした。

「……華子(かこ)は俺のものだって印、つけてあげようか?」
「バカ……煽(あお)んな」
　3ヶ月限定の、この関係。
　王子様に、恋愛感情なんか持っちゃダメ……なのに。

「ねぇ、どうしてそんなに顔が赤いの?」
「……っ」
　お願いだから、王子様。
　そんなにドキドキさせないで。

田中 華子 (たなか かこ)

困った人を放っておけない、お人好しな高校2年生。ちょっとネガティブ。

松岡 陽菜 (まつおか ひな)

華子のお姉さん的な存在。ソフトボール部キャプテンで曲がったことが大嫌い。

contents

Chapter I

爽(さわ)やか王子様	10
意識しすぎだよ	27
葵くんの目的って？	43
俺の彼女だからね	51

Chapter II

本当の葵くんでいいんだよ	68
田中さんがよかったんだよ	80
葵くんに独占欲はありますか	90
華子にお願い	110

Chapter III

この気持ちは何かな	136
俺のこと好きじゃないよね	151
俺は優しくないよ？	156
葵くんに合わせる顔がない	164
ごめんね、は言わない	171

Chapter Ⅳ

華子、忘れて	178
隣にいたいだけ	183

Chapter Ⅴ

田中さんなんか好きじゃない	200
本当の気持ち	206
本当にバカ	214
葵くんって嘘が上手だね	217
俺の言葉をよく聞いて	230

番外編

葵くんが甘いです	238
かわいいこと言うのやめてよ	250
葵くんと私の恋愛契約	263

あとがき	272

Chapter I

爽やか王子様

　私の学校には王子様がいる。
「葵くん、こっち向いて？」
「ヤバイっ、今、目が合った！」
「今日も笑った顔見られて幸せ……！」
　朝の廊下を歩くだけでこの黄色い歓声……。
　相変わらず、すごいなぁ。
　女の子たちのキャーキャー言っている声が、だんだん教室に近づいてくる。
「あ、葵くんっ、おはよう……！」
　教室に入った瞬間そう声をかけられた王子様は、ニコッと笑って「おはよ」って。
　あ、笑顔にやられた何人かの女の子が、膝から崩れ落ちちゃったよ……!?
　助けてあげたい……けど、ごめんね……。
　教室の隅にいるような私なんかに助けられるのは、あの子もかわいそうっていうか……。
「葵くん、今日お弁当作ってきたの！　一緒に食べよう？」
「ごめんね、お昼は他のクラスの人と食べるから」
「じゃあ今日は一緒に帰ろうよっ、カラオケとか行きたいなぁ」
「誘ってくれるのはうれしいけど……今日は放課後に用事があるんだ」

眉を下げて困ったように笑う王子様。
そんな様子を、いちばん後ろの席からボーッと見る。
王子様の名前は、三河葵くん。
ルックスよし。
性格よし。
頭もよし、な完璧な人。
すごいよなぁ……。
そんな人と同じクラスだなんて、私って運がいいと思う。
……しゃ、喋ったことはないんだけど！
２年に進級して、もう５ヶ月。
文化祭も終わり、やっと涼しくなってきたこの季節……。
まぁ、もともと王子様とは住む世界が違うし。
このまま喋らずに３年生になったって、なんの問題もないんだけれど。
そんなことを思っていた時。
……わっ！
ぱっちりと、王子様こと三河くんと目が合った。
ジッと見られてる、んだけど……私、何かした……？
少しして、またニッコリと笑った三河くん。
誰がどう見ても、その笑顔はカッコよくて……。
だけど……今、一瞬無表情だったよね……。
ゴクリと唾を飲み込む。
……ちょ、ちょっとだけ怖かったかも。
「おっはよー！ カコ！」
「うわぁっ」

「今日も相変わらず小動物みたいな反応だね!!」
　ニヒヒッ、と笑うのは、私の大好きな友達の陽菜ちゃん。
　ソフトボール部のキャプテンで、ショートカットがよく似合う明るい女の子。
「陽菜ちゃんも今日も元気いっぱいだね！」
　バシンッと、少し強めに叩かれた肩をさすりながら私は苦笑い。
「あっ、ごめん、痛かった？　力加減とか苦手でさ……」
「ううん、大丈夫！　朝練お疲れ様」
　毎日朝も練習だなんて、運動オンチの私には耐えられないなぁ……。
　陽菜ちゃんはどんなスポーツもできて、本当にすごい。
「……で？　カコちゃんはどの男を見てたのかなぁ？」
「えっ！」
「とぼけたってムダだよ？　どれどれ……」
　私の後ろから教室を見渡す。
　べ、別に、そういう意味で見ていたってわけじゃないんだよ？
「……ははーん、三河か。やっぱりカコも王子様には惹かれちゃうタイプなんだね」
「そっ、そんなんじゃないよっ」
　ちょっと！　ちょっとだけ気になるっていうか！
　興味があるっていうか……。
「でも、三河は絶対に裏があるって思うんだよね」
　気をつけなよ、と続けた陽菜ちゃんに首をかしげる。

えと、どういうこと？
「カコみたいな大人しい子を狙(ねら)ってくるかもよ」
「えっ!?　それってどういう……」
「まぁ私の勘だけど！」
　なっ、何それ！　それがいちばん不安なんだけどっ？
「……あ、じゃあ先生が来たから戻るね」
「ちょっ、陽菜ちゃ……」
　……行っちゃったし。
　陽菜ちゃんに向かって伸ばした手を引っ込めて、心の中でため息をつく。
「……あと、今日日直の人は放課後に残って先生の手伝いをすること。はい、かいさーん」
　今日の日直って私だし……。
　ホームルームでの先生の言葉に２回目のため息をついて、１限目の授業の準備をする。
『三河は絶対に裏があるって思うんだよね』
　……うん。
　陽菜ちゃん、実はそれ……私も思ってたんだ。
「葵くんっ！」
　女の子たちから呼ばれるたびに、あの王子様は一瞬だけ無表情になるの。
　……まぁ、こんなこと思ったって、それが何？って思われるに決まってるだろうし。
　教室の隅にいる私みたいな子、きっとあの王子様は気にもとめない。

名前も地味だもんなぁ、私って。
　田中華子(たなかかこ)。
　ハナコじゃなくて、カコ。
　爽やかな王子様とは住む世界が違う。
　でも私は、今みたいに隅っこにいるほうが居心地がいい。

「華子っ、ごめん、手伝ってあげたいんだけど部活が……」
「ううん、大丈夫！　頑張ってね！」
　……放課後。
　部活に行く陽菜ちゃんを見送って、ふぅと一息。
『このプリントを束ねてホチキスで留めるだけでいいから、よろしくな』
　そう言って強引に渡されたプリントの量、ものすごく多いですよね、先生？
「……さっさと終わらせちゃお」
　文句言うより、手を動かしたほうが早く終わるもんね。
　それに、こういう仕事は慣れているしっ。
　机の上に置いてあるプリントを取って、パチンと留める。
「陽菜ちゃん、頑張ってるかな」
　グラウンドからのかけ声。
　遠くのほうからは吹奏楽の楽器の音。
　教室には私１人だけ。
「……なんか、ちょっとだけ優越感」
　ふふっ、と１人で笑った瞬間、
「田中さん」

聞き慣れた声が耳に届いた。
　……えっ、と、どうして……。
「……み、三河くん？」
　なぜ、みんなの爽やか王子様がいるんだろう……!?
「あ、名前覚えててくれてるんだ。うれしいな」
　ニッコリと、いつもの笑顔を浮かべて教室に入ってきた三河くん。
　て、てっきりもう帰ったのかと……！
　……ていうかっ！　どうして私の前の席に座るの！
「あのっ、三河くんっ、その、何か……？」
「ん？」
　こんなに近くで三河くんを見たのは、初めてで。
　ど、どこを見ていいのかわからない……。
　思わずパッと目をそらすと、「どうしたの？」なんて言って顔を覗き込んでくる。
　わざとやってるでしょっ、て言いたくなるよ……！
　ぶわぁっ、と赤くなる私を見てクスクス笑うし。
　もう、どうしよう……恥ずかしい……。
　ふるふると首を振ると、三河くんはやっと離れてくれた。
「それ、先生の手伝い？」
「……う、うん」
「俺もやるよ」
「うん……えっ!?」
　三河くんが、これを手伝う？
　そ、そそ、そんなこと！　おそれ多くて！　ありがとうっ

て頼むのムリだよ!?
「大丈夫っ……！　私１人でも！」
「いーからいーから。１人でやる量じゃないよ、これ」
　ね？　なんて首をかしげて笑う。
　うっ、そんなに言われたら断れない……。
「……あ、りがと」
「どういたしまして」
　プリントを手に取って、まとめ始める三河くん。
　……こんなことをしても絵になるって……。
　三河くんってやっぱりすごい。
　窓から吹いてくる風で黒い髪の毛が揺れる。
　……うわぁ、まつ毛長い。肌もキレイだし……。
　笑うとえくぼができるんだよね、三河くんって……。
「田中さん」
「っえ!!」
　急に名前を呼ばれてビックリする私。
　声、裏返っちゃった……いくらなんでも緊張しすぎだよっ。
「な、何……？」
　おそるおそる聞くと、またクスクス笑う。
「俺の顔になんかついてる？」
「……えっ」
「ジッと見られてたからさ」
　きっ、きき、気づかれてた……!!
　ずっと見てたのバレてた!!

「違うのっ！　ただ、やっぱり整った顔してるなって思ってただけ……」
　……って、なんてことを言っているんだ私のバカっ！
「ご、ごめん……」
　小さく謝りながら三河くんを見る。
「あはは、謝るなんて変なの」
　……あ。
　……また、いつもの笑った顔だ。
　つまらなさそうな、面倒だなって思ってるような、
「……作り笑顔……」
　口からこぼれ落ちた言葉に、目を見開いた。
　……っわ、私、何を言って……。
　いくらなんでもこれは失礼すぎるっ……！
「あ、の……三河くん今のは……」
　少し、ビックリしていた三河くん。
　でもすぐに、ニヤリと口角を上げるわけで。
　……ええっと……そんな顔もできるんだね……？
　今までの王子様フェイスとは真逆の、ものすごく意地悪な顔つきだよ……!?
「田中さん」
「うっ……はい」
「合格」
「……はい？」
　ぽかんとしちゃうのはしょうがないよね？
　だって、なんのことかさっぱり……。

三河くんはクスクス笑っているけど、どういうこと？
「ねぇ、田中さん」
　プリントを置いて、机に頬杖をつく。
　すぅっと目を細めて、意地悪く笑う。
　……私、こんな王子様なんか知らない。
「俺の彼女にならない？」
　こんな……こんなこと、
「ただし、３ヶ月限定ね」
　あっていいんでしょうか……!?
「ま、田中さんに拒否権なんてないんだけど」
　みんなに人気の爽やか王子様には。
　裏の顔がありました。

「……ちょっと、華子？　こんなところで何してるの？」
「わっ……!?」
　次の日の朝、下駄箱にて。
　私、田中華子……隠れています。
　どうしてかって、会いたくない人がいるからでっ！
「ホームルームが始まっちゃうよ？　急がなきゃ！」
「あっ、ちょ……！　待って、陽菜ちゃん！」
　ダメダメっ、今は絶対ここから動いちゃダメなんだよ！
　だって、すぐそこの階段。
　そこにいるんだ。例の王子様がっ！
　私を引っ張る陽菜ちゃん。
　ううっ……力で勝てるわけがない。

「……あ、三河だ。相変わらず囲まれてるね」
　陽菜ちゃんの後ろに隠れるようにして早歩き。
　ぜ、絶対に見つからないようにしなきゃ……。
　チラッと階段のほうを見ると、三河くんはまだ女の子たちに囲まれていて。
「ひ、陽菜ちゃん、今日は向こうの階段から行こう……？」
「え？　うん、別にいいけど……」
　どうして？って、陽菜ちゃんの顔が言っている。
　ご、ごめんね……事情はあとで絶対に話すからっ。
　三河くんを取り囲む女の子たちの軍団。
　その後ろを通りすぎようとした時。
「あ、田中さん。おはよう」
　……王子様に見つかった。
　ビクッと肩が上がる。
　それから声のしたほうを、ギギギ……とロボットみたいに見た。
「ねぇ、よかったら一緒に教室行かない？」
「えっ、えっと……」
　遠慮しときます。そう言いたいのに……。
　「ね？」って、ニコッと笑う三河くんの迫力がすごくて。
　……む、ムリだ……言えるわけないよ……！
　軍団から抜け出してこっちに向かってくる三河くん。
　思わず陽菜ちゃんのシャツの裾をギュッと握った。
　今、いちばん会いたくない人。
「……あとで昨日の返事聞くから。もう逃げないでね？」

ボソッと耳元で囁いた王子様。
「っ」
「じゃ、行こっか」
　　……返事も何も、昨日ちゃんと言ったのに……。
　　少し上機嫌な顔で私の横を歩く三河くん。
　　うう……みんなの視線が痛い。
　　しかも、陽菜ちゃんも巻き込んじゃって本当に申し訳ないな……。
「……華子、なんなのアイツ……」
「ひっ……！」
　　陽菜ちゃんの低い声に口をパクパクさせる。
　　こ、怖い……！　陽菜ちゃん怒ってる……!?
「強引すぎるよね。本当に王子様？」
「そ、そうだね……」
　　陽菜ちゃん、三河くんは本当は王子様でもなんでもない。
　　"裏の顔"を持っているんだよ。
　　陽菜ちゃんが思っていたとおりだったよ。

『俺の彼女にならない？』
　　……本当に、意味がわからないよ、三河くん。
『か、彼女って……』
『知ってるとおり、友達以上の関係』
『……えっ!?』
　　昨日は三河くんのいきなり発言に、ひたすらビックリしてたっけ……。

『……えっと、三河くんは私のこと……好き……じゃない、よね？』
　お互い好き同士だから、恋人になれるのであって……！
　だから絶対、あんなのおかしい。
『うん、だから３ヶ月限定』
　三河くんの言葉に、私の頭の上にはずっとハテナマークが浮かんでたよ？

　限定って……それだったら恋人になる意味はないよね？
　グルグルとそんなことを考えていたら、いつの間にか教室についていた。
　窓側の、いちばん後ろの席。
　そこにカバンを置いて、はぁとため息をつく。
「葵くん、おはよう！」
「おはよ」
　教室に入った瞬間、また女の子たちに囲まれ始めた三河くんを見る。
　……今日も作り笑顔だな……。
　女の子と選び放題なのに、どうして私みたいな地味子にあんなことを言ったんだろう？
　……扱いやすい、からかな。
　うん。絶対そんな感じだと思う。
　……まぁ、とにかく！
『意味わかんないですっ、ごめんなさい……！』
　昨日はそれだけ言ってそのまま逃げるように帰ってし

まったし……。
　三河くんには近づかないようにしないと……。
　ニヤリと笑う三河くんは、ちょっと危険だから。

「田中さんごめんっ！　今日の掃除当番代わってくれないかな……！」
　帰りのホームルームが終わった教室にて。
　目の前でパンッと両手を合わせ、お願いポーズをするクラスメイトの女の子。
「えっ……で、でも私、今日はちょっと……」
　三河くんのいる学校から早く帰りたいっていうか……！
「一生のお願い！　今日彼氏の誕生日なの……」
「たっ、誕生日……」
　彼氏の誕生日って、たしかに大切な記念日だ。
「……うん、わかった」
　こんなに必死に頼んでいる子のお願いを断ることは……私にはできないな……。
「ありがとうっ！　田中さん！」
　ぱぁぁっと笑顔になってお礼を言ったあと、その子はすぐに教室を出ていった。
　彼氏さんとステキな日を過ごせますように……なんて。
　苦笑いをこぼしながら、掃除用ロッカーからほうきを取り出す。
　……急がなきゃ。
　三河くんの机の上には、まだカバンが置いてある。

どこに行っちゃったのかわからないけど、彼が戻ってくる前に掃除を終わらせて、それで私も早く帰ろう。
　うん、そうしよう。

　掃除をはじめて数十分後、あとは集めたゴミをゴミ箱に入れて焼却炉に行くだけだったので、教室には最後の仕上げを任された私だけが残っていた。
　……彼氏、かぁ。
　欲しいって思ったことも、ましてや好きな人ができたこともないしなぁ……。
　……ハッ！　もしかして私、女として終わっている!?
　いっ、いやいや！
　彼氏なんてすぐにできるものでもないしっ！
　私には陽菜ちゃんがいるだけで、もう十分毎日が楽しいもん。
　……でも。
「彼氏がいたら、きっと毎日が幸せなんだろうな……」
　誰もいない教室で小さく呟いた。
　ほうきを動かして、ちりとりにゴミを集めていく。
　一緒に帰ったり、手をつないだり。
　おいしいものを食べて、キスとかしちゃって……。
「……ちょっと憧れるかも」
　なーんて、ね。
　ふふっ、ちょっとこれはワガママだね。
「へぇ、田中さん、彼氏が欲しいんだ？」

「いやいやっ憧れるけど、私にはどうせムリだろうし……」
　……って。
「俺が彼氏になるって昨日から言ってるのに？」
「っ、!?」
　なっ、なん……なんで三河くんが……!?
「よかった、まだ田中さんがいて」
　ニッコリと笑う三河くんに、サーッと青ざめる私。
　こ、これは……これは非常に、まずいっ。
「逃げんなっつったのに、田中さん俺のこと避けるからさ」
「ひっ」
　笑顔を浮かべたまま、三河くんがゆっくりと私に近づいてくるから、必然的に私も後ろに下がることになるわけで。
　もうっ、どうして近づいてくるのかなっ！
「……」
　あわあわとしていると、ふいに三河くんは眉を下げて困り顔になる。
　シュン、という効果音がピッタリな、そんな顔。
「田中さんに、協力してほしいんだ」
「……え……？」
「田中さんにしか、頼れない」
　人１人分空けて立ち止まった三河くん。
　私の後ろにはもう教室の壁しかない。
「協力って……」
　もしかして何か深い事情でもあるの……？
　それは私にもできること？って小さく聞くと、三河くん

はコクリと頷く。

　なんだかよくわからないけど、困っているみたい……。

　私にもできることだったらなんとかしてあげたい、けど。

　昨日の、三河くんの意地悪な顔を思い浮かべる。

　ゴクリと唾を飲み込んだ。

「……それって、何？」

　おそるおそる聞くと、三河くんはお得意の爽やかスマイルを私に向ける。

「キーキー騒ぐ女どもをなんとかしたくてさ」

　協力してくれるよね？

　って、ちょっと強引じゃないですかね、三河くん!?

「……俺さぁ、本当に困ってんだよね」

「え、えっと……」

「田中さんって困ってる人、放っておけないでしょ？」

「……あの、ちょっ、近い……！」

　また近づいてきた三河くんから逃げようとすると、スッと手が伸びてきた。

　壁に手をついて、私の顔を覗き込む。

「っ」

　キレイな顔が間近にあって、息をするので精一杯。

　心臓がドキドキしていて、この音、三河くんにも聞こえてるんじゃないかってぐらい。

　クスッと、昨日と同じように意地悪く笑った三河くんは、

「拒否権ないって言ったよね？」

　私の目をまっすぐに見ながらこう言った。

……なんとかして離れたくて。
　だって、これ以上このままでいたら心臓が壊れちゃいそうで。
　男の子にこんなに近づいたのは、これが初めてだし。
　この状況に、いろいろと頭がついていかないし。
　だから、もうしょうがないんだ。
「田中さん、返事は？」
　こんなの、私のせいじゃない。
「……っ、はい」
　全部、三河くんのせいだ。
　そしてこのあと、三河くんと私は連絡先を交換することにもなったのだった……。

意識しすぎだよ

　朝早い学校は、何げに好き。
　あんまり人がいなくて、静かで、何も考えずにボーッとできるから。
　ローファーから上履きに履き替えて、ガラッと教室の扉を開ける。
　みなさん、おはようございます。
　田中華子です。ハナコじゃないです。カコ、です。
　普段は教室の隅っこにいるような地味子です。
　だけど、大好きな陽菜ちゃんと一緒にお喋りできる毎日が大好きです。
「……おっそいよ、田中さん」
「……」
　……大好き、でした。
「10分遅刻してんだけど」
「あの、メールでちょっと遅れるって伝えたけど……」
　自分の席に座って、机に頬杖をついて、扉の前でカチコチに固まっている私を軽く睨んでいるのは、
「こっち来て、田中さん」
　爽やか王子様、ってみんなに呼ばれている三河くん。
　……みんな、彼は王子様なんかじゃないよ。
「う……、ど、どうしても……？」
「当たり前。俺の言うこと聞けねぇの？」

ん、とクイッと顎を動かして指示された場所は……なんと三河くんの前の席。
　私は自分の席にも座らせてもらえないの!?
　しかも今、教室内には三河くんと私の2人きり。
「ここ座って。こっち向いてね」
「えっ、えー……」
「早く。待たされるの嫌い」
　イスを三河くんのほうに向けてから、おずおずと座る私を、目を細めて満足げに見る三河くんは……まったく爽やかじゃない。
「俺との約束に遅れないこと」
　足を組んで、グッと私に顔を近づける。
「お、遅れたら……？」
「一生、学校に来れないようにしてあげる」
「ひいっ」
　ず、ずいぶんと物騒なことを言うんだなぁっ。
　青くなる私にクスクスと笑顔をこぼす。
「返事は？」
「は、はいっ」
　……三河くんは、爽やかじゃない。
　腹黒王子様だ。
「うん、いい子」
　私の頭をポンポンと撫でる三河くん。
　……私、犬じゃないんだけどな……。
「じゃあ、ここからが本題だけど」

三河くんの"３ヶ月限定"の彼女になってから数日。
　今まで何も言ってこなかった。それは、私がずっと避けていたからなんだけど、三河くんがわざわざ朝早くに私を呼び出した理由。
「約束ごとを決めようと思って」
「はぁ……」
　約束ごと……。
　あんまりピンとこないけど、三河くんが必要だって思ったのなら従うしかない。
　だって怖いし……。拒否権もないし……。
「まず、お昼ごはんは毎日一緒に食べること」
「……え」
「毎日一緒に帰ること」
「え!?」
　ま、毎日!?
　しかもお昼も放課後も一緒って……！
「ちょ、ちょっと２人の時間が多いんじゃ？」
　そろーっと手を上げて言うと、またジロッと睨まれるわけで。
「当たり前じゃん。田中さんがいないと寄ってくんだよ、うるさい女どもが」
　続けて「なんのための田中さんだと思ってんの」なんて不機嫌そうに言う。
　……つまり私は、三河くんの女避けの道具ってこと!!
　もうっ、腹黒だとは思っていたけど、ここまで真っ黒だ

とは思っていなかったよ!!
　はぁぁ……困った……。
　陽菜ちゃんになんて言い訳しよう。
　そんなことを考えながら三河くんを見上げる。
　その瞬間、ニヤリと三河くんは笑った。
「……前から思ってたけど」
「っ、へ」
　三河くんの手が伸びてくる。
　思わずギュッと目をつむると、頬を撫でられた。
　つ、冷たい……。
　ハッ、じゃなくって!!
　そんなことを考えている場合じゃなくて!!
「なっ、ななな、何を……!」
　口をパクパクとさせると、また三河くんは顔を近づける。
　ふわりと香った三河くんの匂い。
　目の前には息をのむほどキレイな顔。
　く、クラクラしそうだ……。
「田中さんの困り顔、そそられるよね」
　耳元で囁いた言葉。
　息がかかってくすぐったいし、何より距離が近いしっ、心臓は痛いし……!
「ねぇ、なんで顔赤くしてんの？」
　ニヤニヤとしている三河くんに何も言えないでいると、三河くんは私の髪の毛に触れて、そっとそれにキスを落とした。

ぶわっと、さらに顔に熱が集まる。
　そんな私を見て彼は……。
「華子」
　と、名前を呼んだ。
「なっ……」
　男の子から下の名前で呼ばれたのはこれが初めてで。
　だから、ドキドキしてしまうのも仕方のないことで。
「名前呼んだだけで赤くなんの？　今時珍しいね。面白いから、2人きりのときは名前で呼ぼ」
「う、もう離れて……」
　私を見て、おかしそうに笑う三河くん。
　三河くんにとってはなんでもないことでも、私にとっては一大事なんだよ。
「俺のことも下の名前で呼んだら離れてあげる」
「えっ!?　む、ムリに決まってるっ」
「ムリじゃないでしょ。簡単じゃん」
「で、でもっ、恥ずかしいし……」
「いいから」
　クイッと私の顎を持ち上げる。
「呼べよ」
　三河くんはまっすぐに私を見つめながらそう言った。
　……こんな強引な人、初めてだよ。
「っ、あおい、くん」
　目をそらして呟くように言った私。
　きっと王子様は今、満足そうに笑っているのだろう。

「これからもそう呼べよ。あ、あと、俺の言うことは絶対だから」
「……うぅ……」
「返事は？」
「……はい……」
「３ヶ月限定ってのも忘れずに」
　ニッコリと笑う腹黒王子様。
　……こうして、私と葵くんはヒミツの"恋愛契約"を結んだのでした。

　４限目の古典の授業。
　ノートをとりながら、私は心の中でため息をついた。
『昼休みになったら屋上集合ってことで』
『えっ、屋上って立ち入り禁止……』
『ふ、俺を誰だと思ってんの？』
　どうやって屋上のカギ、手に入れたと思う？
　とか、三河くん……じゃない、葵くんが聞くから首を振ったよ、私は。
　だって聞くの怖いもん……。
　チラッと時計を見ると、あと５分で授業の終わりのチャイムが鳴るところだった。
　陽菜ちゃんになんて言おう……。
　いまだに葵くんとのことを言えないでいる私って……。
　なんて意気地なしなんだっ。
　うう……。陽菜ちゃんに隠しごとって……ものすごく罪

悪感。
　しかも……タイミングが悪すぎるというか……。
　キーンコーン──。
　ぐるぐると考えごとをしていたところで、鳴ってしまったチャイム。
「戦争じゃあああああぁぁぁっ!!!」
「うぉぉおおおっ」
　4限目が終わった瞬間、クラスの男子が一斉に立ち上がり叫び始める。
　ビクッと肩が上がるけど、これでも慣れたほう。
　……こ、購買は混むからね。
　みんなお目当てのパンや、おにぎりを目指して廊下を駆け抜けるんだ。
　まぁでも、もうちょっと控えめに叫んでいただけると私も助かるっていうか……。
　ビックリするから！　本当に！
「華子！　お弁当食べよ！」
「うっ、ひ、陽菜ちゃ……」
　い、いいいい言わなきゃ、陽菜ちゃんに！
　これからは一緒にお弁当を食べられないって。
　葵くんのニセの恋人になったんだって。
　言えっ、私！
　ギュッと手のひらを握りしめて陽菜ちゃんを見る。
　私の真剣な表情に、キョトンとする陽菜ちゃん。
「あのね、私……」

「ねぇ、陽菜ぁ！　顧問が呼んでるよ!!　あと５分で来いとか言ってたっ」
　最後まで言い終わらないうちに、かき消された私の言葉。
　ええっ、とビックリして廊下のほうを見ると、陽菜ちゃんと同じソフトボール部の子がいて。
「げっ、マジ？　すぐ行く！」
　それから陽菜ちゃんは、はぁ、とため息をつきながら立ち上がって、パチンと手を合わせた。
「ごめん華子っ、ちょっと行かなきゃ……」
「うっ、ううん！　私のことは気にしないで……行ってらっしゃい！」
　陽菜ちゃんがいなくなった教室で、とりあえずホッと息をつく。
　うぅ……明日こそは言わなきゃ。
『はぁ？　意味わかんない。そんな変な関係、いろいろこじれる前にやめな！』
　……って、言われそうだな。
　はぁ、怒られたくない。
「葵くん！　今日はお弁当を作ってきたの！　一緒に食べよう？」
「あっ、ずるい！　私も葵くんと食べたいのにっ」
　クラスの男子たちが購買に向かって走っていくのがいつものことなら、……ああやって、葵くんのまわりに女子が集まるこの光景も日常茶飯事だ。
　私をニセの彼女にするくらいだもん。

あの子たちのこと、嫌い、なのかな……。
　そう思いながら葵くんのほうを見る。
　……やっぱり。
　笑ってるけど、どこか面倒くさそうで。
　イ、イライラしてるんだろうなぁ。
「大丈夫かな……」
　ちょっとだけ、心配。
「……ごめんね、お昼はもう約束があるから」
「えぇ？　誰と食べるの？」
　そんな会話が聞こえて、下げていた目線を上げると、パチッと葵くんと目が合った。
　ニヤリ笑ったのは、気のせいじゃない……よね？
「……えっ」
　……あ、あの。
　どうして葵くんは、私のところに向かってくるのでしょうか。
　どうして、私の肩に手を置いて、ニッコリと笑っているんでしょうか。
「俺、これからは田中さんと毎日お昼ごはんを食べることになったから」
　葵くんが、そう言った瞬間。
　教室にいる女子たちは、口をあんぐりと開けて。
　私と葵くんを交互に見て、それから、それから……。
「あははっ、嘘でしょ？」
「葵くんが田中さんと？　何かの間違いじゃない？」

一斉にキャハハッて笑い出すから。
　そりゃ、恥ずかしくなるわけで。
　俯いてギュッと目をつむった。
　……葵くんっ、わざわざこんな大勢の前で言わなくてもよかったんじゃないのかな！
　どうして言っちゃったのよ、もう……！
　ダメだ、恥ずかしくてこんなところにいられない。
　席を立って教室を出た。
　……いや、出ようとしたんだけど。
「間違いじゃないよ」
　葵くんに掴まれた右腕。
　表情は相変わらずニコニコしていて。
　何を考えているのかわからない。
「田中さんは、俺の彼女だから」
　……。
「「え」」
　うん、"え"って言っちゃう気持ち、すごくわかります。
　このタイミングで言っちゃうの!?
　……って感じだもん、私も。
「えっ、何かの冗談……」
「冗談じゃないよ」
　じゃ、行こっか？
　なんて、そう言って微笑みかけてくる。
　そして手首を掴まれた私は、引っ張られるようにして教室を出た。

人気者の王子様と一緒にいたら、注目を浴びるのも当たり前。
　いろいろな人に見られている恥ずかしさで、私は俯いた。
　私みたいな地味子は、こんなカッコいい人の隣にいるべきじゃない。
　不釣り合いだってこと、ちゃんとわかっているんだよ。
　どこで手に入れたのかは不明のカギを使って、屋上に来た私たち。
　はぁ、とため息をつきながらドアのカギを閉めると、日陰になっている場所に移動してゴロンとその場に寝転がる葵くん。
　わ、私はどうすればいいのだろう……？
　なんて、そんなことを考えていると。
「何してんの？」
「……え？」
「華子もこっち来て」
「えっ」
　ドアの前で立ちっぱなしだった私を横目で見て、ペチペチと自分の横を叩く。
　こ、こっちって……。
　しかも、本当に２人きりのときは下の名前で呼ぶんだ。
　思わずドキドキしてしまう。
「早く」
「うわっ、はい！」
　寝転がっている彼の隣に、慌てて座る。

……教室の女の子たち、私が葵くんの彼女だって知らされた時、みんなビックリしていた。
　ボーッと空を見上げるこの王子様は、私が隣にいることをどう思っているのかな。
「……私と一緒にいたら、あ……葵くんの評判が落ちるんじゃないかな」
　本人の前で下の名前を呼ぶのは、まだ恥ずかしい。
　おそるおそる葵くんに視線を移す。そうしたら、彼はジッと私のことを見てくるから、思わず身構えてしまった。
「……華子を選んだのは俺だろ」
「え？」
「なんで、俺が他人に評価されなきゃいけないわけ」
　起き上がった葵くんは、私の手を取って目を閉じる。
　まるで、何かを思い出しているみたいに。
「華子じゃなきゃダメなんだよ、俺は」
　その言葉に驚き、目を見開く私。
「っ、ど、どういう意味……？」
　すると、まっすぐに私を見つめる葵くんはフッと柔らかく笑った。
「教えねーよ」
　ドキドキと心臓がうるさい。
　作り笑顔じゃない笑った葵くんの顔を、初めて見た。
　ふ、不意打ちだよ！　ズルい！
　何か話題を変えたくて、必死に頭をフル回転させる。
　……そういえば、葵くん、お昼ごはんは？

「あ、あの」
「何?」
「葵くんは、お昼ごはん食べないの……?」
　何も持ってないみたいだけど……。
「俺、お昼は食べないんだよね」
「えっ」
　じゃ、じゃあこんなふうにお昼休みに一緒にいる意味ってないんじゃ……。
　……って、そっか、私は女避けなんだっけ。
　うーん……考えれば考えるほど、私じゃなくてもいい気がするんだけれど……。
　もっと美人さんで、葵くんの隣にいても変じゃない子のほうがいいんじゃないかな。
「あ、華子は気にしないで食べてなよ」
　気にしないでって……。
　遠慮しちゃうのは当たり前だよね?
　グゥゥ——。
　どうしよう、なんて思っていた時に鳴ってしまった私の腹の虫。
　タ、タイミング悪すぎっ。
「大丈夫、聞こえてないし」
「きき、聞こえてるじゃないですかっ」
　クスクスと笑う葵くんに真っ赤になる私。
　カッコつかないなぁ、もうっ……。
「……じゃ、じゃあ、お言葉に甘えて……」

「どーぞ」
　お弁当箱を開けて、お箸を持つ。
　そして「いただきます」と小さく呟いてから、プチトマトをパクリ。
　うん、みずみずしい。
　チラッと葵くんを見ると少し眠そうな顔。
　まぁたしかに、今日は太陽が出ていて気持ちがいいし眠くなっちゃうよね。
「……華子」
「は、はい？」
　ふいに呼ばれたから、ちょっとビックリした。
　葵くんは、ふわりとあくびをしている。
　あくびをしても絵になるって……どういうこと？
「ちょっと、膝、貸してよ」
「……」
　葵くんのその言葉に目をパチクリ。
　……えっと？
「ひ、膝？」
「そう」
「あの、貸してって……」
「コンクリ硬いからさ」
　気持ちよく眠れない。って、そんな理由……!?
　そんな理由で私に膝枕をしろと言うの？　そうなの？
「いやいやっ、あの、私なんかのじゃ……！」
「はぁ？　"私なんか"ってなんだよ……、華子がいいんだ

よ、俺は」
　はーやーくー、そう言って急かしてくる。
「うっ、でも……」
　膝枕って……。
　今、ここには誰もいないけど、それでもやっぱり恥ずかしいし。
　お、おそれ多いし。
　動けないでいる私に、葵くんは「チッ」と小さく舌打ちをする。
「……っ、わ」
　葵くんは私のネクタイを軽く引っ張って顔を近づけた。
　間近にある葵くんの整った顔に、またもや私、息が止まりそう。
「……俺の言うことは？」
「うっ」
　朝に決めた約束ごと。
　さ、逆らえるわけない……。
「……わかった……」
　そう言うと、目を細めて小さく笑う。
「いい子」
　ひと言呟いた葵くんは、ペチペチと私のほっぺたを軽く叩く。
　そして、そのまま私の膝の上に頭を置いた。
　なんていうか、この人……。
　ス、スキンシップが激しくないですか……？

普通、付き合ってもいない女の子に膝枕させる？
　うぐっ、葵くんの柔らかい髪の毛がくすぐったいし。
　２人っきりっていう……この状況もなんだか恥ずかしいしっ。
　いやっ、本当に、特別な感情とか！　そういうのはまったく……全然、ないんだけど……！
　私は３ヶ月限定の彼女で、葵くんの女避けで、
「……うわ、顔真っ赤」
「なっ……気づいてても言わないでっ」
　横目で私を見て、クスクス笑う。
　……ねぇ、葵くん？
　ここには誰もいないのに、どうしてこんなことをする必要があるんだろう。
　コンクリートが硬いのぐらい、我慢してよ。
「意識しすぎだよ、華子は」
　こんなの、意識しないほうが難しいんだから……。

葵くんの目的って？

「おはよう、華子。ねぇ私に何か言うことあるんじゃない？」
「ひぃっ、ひひひ、陽菜ちゃん……」
　次の日。
　教室に入った瞬間、ガシッと肩を掴まれる私。
　うぅ……陽菜ちゃんの顔、まったく見られません。
「"あの"三河と付き合ってるんだって？　ん？　私……全然、もう全っ然知らなかったなぁ！」
「おおお、怒らないで!!」
　そうだよね、陽菜ちゃんは隠しごとをされるのが好きじゃないって言っていた。
　もっと早くに言わなかったのは私だもん。
　反省……。
「陽菜ちゃん、ちょっとこっち来てっ」
　教室を出て、人が少ない階段へ。
　それから私は、葵くんの恋人になったこととか、でもそれは女避けのための演技だってこととか、しばらくお昼ごはんを食べられないってことも、全部話した。
「……なるほどねぇ」
「ごめんっ、本当はもっと早く言いたかったんだけど……タイミングが……」
　謝る私に「ううん、私もがっつきすぎちゃった」なんて。
「三河には何かあるだろうなって思ってたけど、まさかそ

んな腹黒男だったとは……」
「うん、私もビックリ」
「しかも私の華子を利用するなんて……!!」
　変なことされてない!?
　って、心配してくれる陽菜ちゃんに苦笑いをする。
　大丈夫だよ、今のところは……。
「……ていうか！　どうしてそんな変な関係になっちゃったのよ！」
「えぇっ、私に聞かれても……」
　女避けのため、っていうのはわかるけど、私を選んだ理由はわからない。
　扱いやすいから、って勝手に思ってるけれど……。
「何か脅されてるようでもないし……早いうちに終わりにしたほうがいいんじゃない？」
　心配そうな顔。
　やっぱり陽菜ちゃんは優しい。
　……でも。
「オッケーしたのは私だし、それに……なんだか放っておけないっていうか……」
「もう！　華子のお人好し!!」
「あは、うん、ごめんね……？」
　ネガティブで、お人好し。
　私って本当に損な性格だなぁ。
　なんて、そんなことを考えているとちょうどチャイムが鳴った。

「あっ、ヤバッ……とにかく!!　華子、アンタちゃんと気をつけなよ?」
　私の腕を引っ張りながら廊下を走る陽菜ちゃん。
　えっと……何に気をつけるの?
「だって三河、かなりモテるじゃん。女の嫉妬って怖いんだからね!?」
「……へっ……」
　ま、待って待って……。
　そういえば学校に来る間、ずっと女子のみなさんに見られてたような?
　う、ううん、睨まれていたような……!?
　……いやいやっ。
　私なんか教室の隅にいるような地味子だよ?
　考えすぎだよ、うん、うんっ。
　こんな私を相手にする人たちなんていないだろうし、『葵くんのこと、田中さんからだったら簡単に奪えちゃうんだから！』みたいに、きっと女子のみなさんも思っているんじゃないのかな!!
「だ、大丈夫だよっ」
「……はぁ、だといいけど……」
　深いため息をつく陽菜ちゃんに、私は苦笑いをするしかなかった。

　４限目の授業の終わりを知らせるチャイムが鳴った瞬間、葵くんはガタッと立ち上がった。

ほとんどの男子が購買に向かって教室を飛び出す中、私のほうに近づいてくる葵くん。
　そして……女子たちの鋭い視線……。
「田中さん、行こ」
　ニコッと笑いかけてくる葵くんに、仕方なく私も立ち上がる。
　……陽菜ちゃんどうしよう。
『女の嫉妬って怖いんだからね!?』
　さっきの言葉、痛いほどわかるよ……！
「ねぇ、やっぱりあの２人って付き合ってるのかな？」
「葵くんが言ってたし……そうなのかもしれないけど……」
「……でも、釣り合ってないよねぇ。付き合ってるのに『田中さん』も変だし」
　屋上に行くまでの廊下は、こういったコショコショ話でいっぱいだ。
　うぅ、私だって釣り合ってないってことぐらいわかってるし……は、恥ずかしいなぁ。
　葵くんは、なんとも思っていないのかな。
　例の秘密のカギで屋上の扉を開けて、また日陰になっているコンクリートの上に寝転がる葵くんを見ながら、そんなことを思う。
「……ほら、華子」
「っえ、あっ、はい！」
　急にどうしたの……って、またですか……？
　寝転んだ自分のすぐ横。

そこをペチペチと叩いて私を呼ぶ。
「あの、私、今日は陽が当たるとこがいいかなぁ……」
「はぁー？　華子、学習能力ねぇの？」
　不機嫌そうな顔と声。
　……葵くんの言うことは、いつでも絶対、らしい。
「もうここ、華子の定位置だから」
　ちゃんと覚えてよ？って、大人しく座った私を見ながらクスッと笑う。
「……っ」
　……葵くんって、ちょっとズルい。
　私と２人でいる時は不機嫌にもなるけど、それでも教室にいる時より顔つきも、声も……。
「……また顔赤くしてる」
「だ、だって……」
　ビックリするぐらい、優しい。
　……どうしてだろう？
　眠いからかな。あの作り笑顔に疲れてるからかな。
『キーキー騒ぐ女どもをなんとかしたくてさ』
「……」
　そうだった、危ない危ない……。
　忘れかけてたけど、葵くんの本性は腹黒男っ。
　少しでもドキッとするなんて、私ったらダメなヤツ！
　ブンブンと首を振って、私の横で寝転んでいる葵くんに視線を移す。
「……葵くん」

「何」
　チラリと横目で私を見る。
　……うぐぐ、それだけなのにどうしてこんなに色気が漂ってくるのっ。
「……どうして、期間限定で彼女なんか作ろうと思ったの?」
　おそるおそるそう聞くと、葵くんは面倒くさそうに眉間にシワを寄せた。
　お、怒らせた……かな。
　でもでも、これは私にだって知る権利はあるよね?
「……はぁ……」
　ため息をつく王子様。
　それにびくりと肩を上げた。
「……華子に問題です」
「……えっ?」
　いきなり起き上がったかと思ったらこんなことを言う。
「3ヶ月後には何があるでしょうか」
　突然の質問に目をパチクリ。
　えっと、えーっと……3ヶ月後?
　今は9月で……だから、12月になって……。
「……あっ」
　わ、わかったよ、葵くん。
　3ヶ月後には……。
「クリスマスがあるねっ」
　甘いケーキ、ワクワクするプレゼント、キラキラと街を

照らすイルミネーション……。
　もうカップルのイベントみたいなものだ！
「バカ、そんなにうっとりするんもんじゃねぇんだよ、俺から言えば」
　不機嫌顔でそう言った葵くんを見る。
　クリスマス、葵くんは楽しみじゃないのかな？
「いいか、華子」
「ふぇっ……!?」
　いきなり片手でほっぺたを挟まれた。
　い、痛いよっ、葵くん!?
「クリスマスってもう恋人たちのイベントみたいなものじゃん」
「ほ、ほうへすね……」
「じゃあ、俺のまわりの女たちがどんな行動とるかわかるだろ」
　えっと……？
　そ、そりゃみんな葵くんのことが好きだから、なんとかして彼女になろうとするんじゃあ……？
　クリスマス前だし、誰だって彼氏とか欲しくなるもんね。
　……って、ハッ!!
「クリスマス前は本当に嫌い。謎の告白ラッシュあるし、猛アピールしてくるし、俺のまわりの女全員、一生学校来なくていいのにって思った」
　……うん、葵くんから真っ黒いオーラが出てるのは私の見間違いなんかじゃないよね。

「今年もあんなヤツらに囲まれるのは、絶対に嫌だ」
　もううんざり。
　そう言ってまた寝転がる葵くん。
「ま、だから華子に協力してもらってるってわけ」
　強引でごめんね？
　なんてニヤニヤしながら言われても……反省の色が見えないよ？
「……じゃ、じゃあ、どうして私なの？」
「決まってんじゃん。俺の言うことちゃーんと聞いてくれそうだったから」
　うぐぐっ。
　ここでも腹黒なんですね、葵くんって……！
　そんなことだろうとは思っていたけれど……!!
「……まぁ、それだけじゃないんだけどね」
　その瞬間、ブワッと強い風が吹いて。
　だから、葵くんがなんて言っていたのか、私はまったく聞こえなかった。
　「え？」って聞き返すとニッコリとお得意の笑顔を私に向ける。
「なんでもない」
　そう言われちゃったら、もう何も聞けない。
　首をかしげながら、私はお弁当箱のフタを開けた。

俺の彼女だからね

「ねぇねぇ、知ってる？　葵くんが"あの"田中さんと付き合ってるって」
「知ってる……。ちょっとショックなんだよねぇ」
「アンタ、葵くんのこと狙ってたもんね……」
　休み時間にて。
　私、田中華子は、トイレの中から出られないでいます。
　いつかの教室での葵くんのビックリ発言……。
　そのおかげでみんなこの話題ばっかりだ。
「ていうかなんで田中さん？　パッとしなくない？」
「葵くんにはもっとお似合いの子がいるだろうに……」
　……わかってます。
　そんなこと私だってわかってます！
　心の中でため息をつく。
　はぁぁ……、こんな場面に遭遇するなんて。
「えぇー……でもやっぱり信じられないなぁ」
「私だって信じられないっつーの！　教室でイチャイチャしてるの見たことないし、葵くんは『田中さん』って呼んでたよ」
「……たしかに！　本当に付き合ってんの？」
　その言葉にギクッとする。
　たしかに、人前で恋人らしいことはあんまり……していないけれど……。

「この前のあれは、葵くんなりの冗談……とか？」
「とにかく、ラブラブしてるとこ見なくちゃ信じられないよね」

　ラッ、ラブラブ……!?
　葵くんと、私が!?
　ムムム、ムリ!!　絶対、ムリっ！
　ブンブンと首を振る私。
　嫌っていうか、その……おそれ多いというかっ。
　それに、私は期間限定の彼女だし！
　しかも女避けのための！
　それだけの関係なのに、ラ、ラブラブするとか……考えられません!!
「あっ、ヤバイ、チャイム鳴るよ！」
　その声に慌ててスマホの時計を見ると、たしかにもう少しで休み時間が終わるころだった。
　パタパタとトイレから出ていった足音を聞いてから、そっとドアを開ける。
「ラ、ラブラブ……」
　ゴクリと唾を飲み込む。
　いや別に……そういうことがしたいってわけじゃないけれど……。
　でも葵くんは女避けのために、私を期間限定の彼女にしたのであって。
　それなのに、まわりの女の子たちがそれを信じていない。
　はぁ、とため息をつく。

この関係に意味はあるのかなぁ……。
　そんなことを思いながら教室へ。
　今日は陽菜ちゃんは、珍しく風邪を引いて学校を休んでいる。
　自分の席についてから、そっと葵くんのほうを見た。
「ねぇねぇっ、葵くん！　今日みんなでカラオケに行くんだけど一緒にどう……？」
　前みたいに大勢に囲まれることはなくなったけど……。
　あんなふうに、遊びのお誘いを受けるのはまだまだなくならないみたい。
「ごめん、帰りは田中さんと一緒に帰る約束だから。毎日ね」
　爽やかスマイル全開の葵くん。
　はぁ……いいよね、葵くんは……。
　彼女っていう私がいるから、断るのは当然だもんね。
　……でもね。
「そ、そっか！　うん、仕方ないよね!!」
　葵くんには笑顔を向けていたのに、私が理由で断られた瞬間、私はものすごく怖い顔で睨まれるわけで……。
　そりゃそうだよね、だって葵くんは人気者のモテ男くんだよ？
　こんな私が、独り占めしちゃっていることになっているんだもん。
　こうなるのはしょうがない……よね。
　心の中でため息をつく。
　最近、ため息ばっかりだなぁ……。

そんなことを思っていると先生が教室に入ってきた。

日直の号令で立ち上がって、ペコリと礼をする。

【最近、俺たちが本当に付き合ってるのかってよく聞かれるんだけど】

葵くんからこんなメールが送られてきたのは、先生の話を聞きながら、少しうとうとしていたころ。

【華子は、もうちょっと彼女らしくしてよ】

か、彼女らしくって!?

っていうか、そもそも私からやらなくちゃいけないんですかっ!?

【彼女らしいことしたことないのでわからないです！　葵くんがなんとかしてください。例えば、私のことをみんなの前でも下の名前で呼ぶとか】

先生にバレないように慌てて返信。

【あ、そんなこと言うようになったんだ？　華子のくせに生意気】

ヒッ……！

お、怒らせちゃったかな……？

そっと前の席にいる葵くんを見てみる。

首だけ私のほうに向けている葵くんは、クスッと笑っていた。

わ、私の反応を見て楽しんでいる……。

この腹黒王子め……!!

【話しかけにくるとか、スキンシップするとか。いろいろあるじゃん、もっと考えろって】

【えーと、どうして私がそれをやらなくちゃいけないんでしょうか……】

　それに、葵くんは、そういうのあんまり好きじゃないと思っていたんだけど……!?

　そもそも私がそんなことをしたら……。

　女子のみなさんにボコボコにされちゃうよっ!!

　いいい嫌だっ。

　痛いのは嫌なんです!!

【本当にバカだなぁ。俺が華子に"構ってちゃん"するの？　考えられる？　俺が華子にベタ惚れみたいでプライドが許さないよね。名前で呼ぶのだって、2人のときだからいいんじゃん】

「なっ……！」

　思わず出た声に、みんなの視線が集まった。

　慌てて俯く私。

　は、恥ずかしい……！

　もうっ！

　彼女になってくれ、って言い出したのは葵くんなのに!!

　葵くんを見る。肩を震わせていた。

　……ちょっと、あなた今、笑っているでしょう。

【本当にバカだね、華子って】

　恋人らしいことって、なんだろう？

　手をつなぐとか。

　ギュッと抱きしめ合うとか。

……キス、するとか？
「……葵くんとそういうことをするって考えただけで胃が痛くなります……」
「はぁ？　失礼だね」
　昼休みの屋上。
　ふてぶてしく寝転がっている葵くんの横が、すっかり定位置になった私。
　眉間にシワを寄せている葵くん。
　……爽やか王子って呼ばれている彼の面影はまったくありません……。
「だ、だって……！　おそれ多いっていうか……！」
「そんな感情いらないから。じゃないとバレるかもしんねぇじゃん」
　はぁ、と面倒くさそうにため息をつく。
　うう……。
　だったら葵くんがなんとかしてくださいよっ……。
「あ、そうだ。今日の帰り道は手をつないで帰ろう」
「ええっ!?」
　ビックリして大きな声を出す私に、ニヤニヤと意地の悪い笑顔を浮かべる。
　ど、どうしよう……。
　葵くんが悪魔に見えるんだけど……!?
「そそそ、それは困る……」
「困らない」
「手をつなぐって……みんな見てるのに？」

「みんなが見てなきゃ意味ないからね」
「ム、ムリっ！」
　顔の前で両手を振る。
　そうしたら、葵くんは起き上がって、……なんと私の左手をギュッと握った。
「ひゃっ……!!」
「ハッ、なんつー声を出してんだよ」
　クックッと笑う葵くんに、カーッと顔が赤くなってくる。
　慌てて手を振りほどこうとしたら、逆にぐいっと引き寄せられた。
　どっ、どうしよう、どうしよう……!?
「あああ、葵くんお願いだから離してください……！」
　な、なんだか距離も近いしっ。
　恥ずかしいどころじゃない。
　ドッドッ、って心臓が痛い。
「わ、顔真っ赤」
「だっ、れのせいだと……！」
　顔を覗き込んできた葵くんはクスクス笑っている。
「本当に、華子の困ってる顔ってそそられるね」
　訳のわからないことを言うし……！
　う、もう、本当にこの状況は、心臓に悪い……。
「ねぇ、こっち向いてよ」
「ム、ムリ……っ」
「ムリじゃないって」
「だ、だって」

「いいから、こっち向けよ」
　少し低い声に命令口調。
　……強引だよ。
　おそるおそる顔を上げると葵くんと目が合った。
「……いい子」
　フッと笑ってそう呟いた葵くんは、コツンとおでこを当てる。
　そんな動作にキュッと胸が鳴った。
「華子は、恋人つなぎって知ってる?」
「……バ、バカにしてるの……?」
　それぐらい恋愛初心者の私だって知ってるもん。
「よかったー。じゃあ、はい」
「……はい?」
　……葵くん。
　どうして私の手を握っていた力を緩めたの。
　"はい"って何……。
『恋人つなぎって知ってる?』
　ま、まさか……?
「ほら、やってみろよ」
　やっぱり!!!
　なんなのかなっ?
　葵くんって、なんなのっ!
「華子からしないと離さねぇよ?」
「っ」
　小さい声で囁いた葵くん。

クッ、クラクラしそうだっ……。
　葵くんの手、意外と大きくて少しゴツゴツしていて。
　男の子なんだなって、実感する。
　だから余計にドキドキしてしまうわけで。
　でも、こうなったらやるしかない。
　だっていつまでもこのままっていうのは……。
　いい加減私の心臓も壊れそうだし……っ。
　ゆっくりと、葵くんの指に自分のを絡めていく。
　……恋人つなぎをすることが、こんなに恥ずかしいってことを初めて知った。
「……ん、いい子」
　満足そうに笑う葵くん。
　強引だし、口調だって悪くなるし、私の困っている顔を見て楽しんでるような人だし。
　……それなのに。
「……まだこのままでいて」
　2人っきりだと、やっぱり雰囲気は優しくて。
　こうやって、私の髪の毛を触っている手つきも優しくて。
　ふんわりと笑う顔も優しくて。
「あ、の……っ」
「……ん？」
　私を見るその目も、優しい。
「ま、まだ……？」
「……んー……」
「葵くんってば……！」

「ふは、うるせぇな。……まぁ……うん、いーよ」
　パッと私から離れた葵くん。
　胸に手を当てて大きく深呼吸する私。
　よ、よかった……私まだ生きている。
　ドキドキしすぎて心臓が止まっちゃうかと思った……。
　はぁー、と息を吐く私を見て、葵くんはニヤニヤと笑っている。
「俺のことすっごい意識してたね？」
「なっ……そんなことはっ」
　な、ないとも言えないけれど……!!
　でもっ、さっきみたいなスキンシップはやめてほしいというか……。
　本当に、心臓痛くなるから。
「ま、いーや。これで華子は俺と恋人つなぎできるようになったし」
「……えっ」
「今日の帰り道、期待してるから」
　首をかしげて、にこりと笑う。
　あぁ、どうしよう。
　今日の葵くんは、やっぱり悪魔に見える。

　本当に私から恋人つなぎというものをやらなくてはいけないのでしょうか。
　……なーんてことをぐるぐると考えていたら、あっという間に放課後になった。

「きりーつ、れい」
　日直の号令を合図に、クラスのみんながダラダラと教室から出ていく。
　……女子のみなさんの視線が……痛い。
「田中さん、帰ろ」
　うぐぐ……でも葵くんの言うことは絶対だし。
　よし、行こう。
　行くっきゃないんだよ、私。
　教室を出て廊下を並んで歩いて、校門の外へ。
「ねぇ、あの人めっちゃカッコよくない？」
「え？　あ、本当だ……」
　学校の外に出ても女の人たちが二度見してしまうぐらい、葵くんはカッコいい。
　うん、それは重々承知なんだけどね、でもね、その隣を歩いているのが私って……。
　ちょっとメンタルやられるなぁ……！
　ジ、ジロジロ見られているのは、気のせいじゃない。
　あああ、葵くんの隣にいるのが私みたいな地味子でごめんなさい……!!
「田中さん」
「うう、わかってます。こんな私が葵くんの隣にいるのはよくないって」
「あはは、ちょっと何を言ってるのかわかんないなぁ」
　ハッとして隣を歩いている葵くんを見る。
　わ、笑ってるけど、目が……目が笑ってないよ……？

「……俺のこと無視するなんて、いい度胸してんじゃん。なぁ?」
「ひっ……!」
　まわりに同じ学校の生徒がちらほらいるからか、小声でこんなことを言う葵くん。
「ご、ごめんなさい」
「嫌だ」
「ええっ……!」
　プイッとそっぽを向く彼に、私、あわあわしています。
　い、嫌だ……って……!
　そんな私をチラリと見た葵くんは、意地悪そうにニヤリと口角を上げた。
「手、つないでくれたら許さないこともないけど?」
　……。
　な、なんてことだ……。
　ゴクリと唾を飲み込む。
　葵くんにとって、手をつなぐとかそういうの、なんでもないことかもしれないけど。
　私からしてみれば、すごく恥ずかしいことなんだよ。
「俺の言うこと聞けねぇの?」
「き、聞きます……!　聞きますけどっ」
　クスクスと楽しそうに笑う葵くん。
　ひ、人の気も知らないで……!
「ほら、はーやーくー」
「うっ」

ん、と手のひらを出した彼はコテンと首をかしげた。
「ほ、本当にやらなきゃダメかな」
「当たり前じゃん。ただでさえみんな疑ってるんだし」
　……こうなったらもうやるしかない。
　恥ずかしがったら負けだよ、私っ。
　えいっ。
　思いきって葵くんの手を握ろうとすると、……なんとスカッと私の左手は宙を舞うわけで。
　あ、葵くん!?
　どうして今、避けたの……!!
「なっ、な……！」
　おなかを抱えて笑う葵くんを見て、真っ赤になる私。
　い、意地悪だっ！
　こんなの私が恥ずかしい思いをしただけじゃないかっ。
「ひどい……!!」
「わは、ごめんごめん……っ」
　謝ってくるけど本当に反省してる!?
「田中さん見てるとついいじめたくなるんだよねぇ……」
　とか言ってるけど、私に失礼だよっ！
「田中さんって、もしかしてマゾヒスト？」
「バ、バカにしないでっ」
　もうっ！
　今度は私がプイッとそっぽを向く。
　そうしたら葵くんは「あ、怒った」なんて。
　……のん気なんだから。

「ごめんって、田中さん。許して？」
　顔を覗き込んでニッコリと笑顔を浮かべる。
　……また作り笑顔だし。
「おーい、田中さーん」
「ほ、放っといてください……！」
「はぁー？　……しょうがないなぁ」
　はぁ、と息をつく音。
　あ、葵くんに呆れられるようなことをした覚えはないんだけど……。
　……って、
　……えっ!?
　慌ててバッと左手を見る。
「……これで許してくれる？」
「ふっ、不意打ち……」
　いたずらっぽく笑っている葵くん。
　ぜ、絶対わざとだ。
　また私の反応を見て楽しんでいるのだろう。
　つながれた左手に視線を落とす。
「あ、葵くん」
「何？」
「……私たち、ちゃんとカップルに見られてるかな……」
　私は、ただの女避け。
　３ヶ月限定のニセ彼女。
　……葵くんのスキンシップがすぎるのも、そうやってクスッと笑う顔も……。

「当たり前じゃん。ちゃんと俺の彼女だよ、田中さんは」
　全部、私の困った顔が見たいからだ。
　だから、こんなただの気まぐれに、いちいちドキドキしていたらダメでしょう。
　そう自分に言い聞かせるけど、今だけは彼女気分を味わうのもいいかな、とか思ったり。
　正直に言うと、私はかなり浮かれていた。
「何ニヤニヤしてんだよ、キモいよ」
「なっ……!?」
　このあと私に起こることも知らずに……。

Chapter II

本当の葵くんでいいんだよ

「華子、ひっさしぶり!!」
「うわぁっ、ひ、陽菜ちゃん……!　おはようっ」
　肩をバシンと叩かれて、振り向いてみれば元気いっぱいの陽菜ちゃんがいた。
　ビックリして落としてしまったローファーを拾って少しだけ目を輝かせる私。
　連休を挟んでしまったから、たしかに久しぶりだっ。
　風邪は治ったみたい。ピンピンしてるね!
「あ、そうだ!　休んでた分のノート見せてくれるとうれしいなぁ」
「もちろん!　教室ついたら渡すね」
　下駄箱でローファーから上履きに履き替え、階段を上って廊下を歩いていく。
「私が休んでいる間、三河に変なことされてない?　大丈夫?」
「だ、大丈夫だよ!」
「本当に?」
　スポーツバッグを肩にかけ直しながら、私のことをジトッと見る陽菜ちゃん。
　う、うぐ……。
「……その、ちょっと、手をつないだり……?」
　陽菜ちゃんの目、見られない……。

視線をそらすと「はぁ!?」っていうビックリした声がするわけで。
「そんなことする必要ある!?　それって下心丸出しじゃんっ、アイツ！」
　許せん！　なんて言いながら教室まで走っていこうとする陽菜ちゃんの腕を慌てて掴んだ。
　ち、違うんだよ！　違うの、陽菜ちゃんっ。
「あのねっ、私たちが本当に付き合ってるのかって、いろいろな人たちから疑われてたみたいでね……！」
　その、カモフラージュとかなんというか！
『田中さんからしないと離さねぇよ？』
　……ボンッ。
「あっ、ちょっと！　なんで顔赤くしてんの！　絶対それ以外にもなんかあったでしょっ」
「へっ!?　い、いやいやっ……！」
　そんな葵くんの言葉を思い出して恥ずかしくなったとかそういうのはまったく……!!
「ハッ、まさか華子、あんた三河のこと本当に好きになったとか……」
「……は……なっ、なな何を言ってるの陽菜ちゃん!?」
　そんなことあるわけないでしょう……!?
　私が葵くんを好きになる？
　そんなのありえないことなんだからっ。
　釣り合ってないし、それに第一、葵くんは腹黒だし。
　付き合うなら私はもっと優しい人がいいな……。

いやいや、別に葵くんが優しくないって言いたいわけじゃないんだけど……！
　……あ、でも私と２人でいる時は、いつもより雰囲気が優しいよね……？
『田中さんの困り顔、そそられるよね』
　……って、違う違う。
　葵くんは、思わせぶりなことをされてアタフタしている私を見たいだけだ。
　か、勘違いよくない。絶対。
「……おーい華子さん、どこ行くのー」
「へっ？　……あ！」
　陽菜ちゃんの声にハッとすると、なんと私、教室を通りすぎていたところにいました。
「か、考えごとしてた……」
「もうっ、しっかりしてよー？　ただでさえ、いろいろ女子から悪く思われてるんだから」
「あっ、そうだよね……」
　でも、体育館の裏に呼び出されたりとかそういうの起きてないし……。
　今のところは大丈夫……だよね？
「あ、じゃあ、ノート借りるね！」
「うんっ」
　教室に入って陽菜ちゃんにノートを渡して、自分の席に座る。
　机の中に教科書とノート入れて……。

……あれ？
　カサッという音。
　見覚えのないメモ用紙。
　そっと手に取ってゆっくり開いてみると……。
『昼休み、体育館裏に来て』
　ゴクリと唾を飲み込んだ。
　わ、私なんかにロマンチックな呼び出しをしてくる人とかいないだろうし。
　この文字、どう見たって女の子の字だ。
　放課後……体育館裏……。
　つ、ついに来てしまった。
　陽菜ちゃん、私ついに女の子たちに呼び出されてしまったよ……!?
　と、とりあえずあとで陽菜ちゃんに言うとして……。
　問題は……あの王子様。
　いつの間にか終わっていたホームルーム。
　いつの間にか始まっていた１限目。
　前の席に座っている葵くんは、頬杖をついてシャーペンをくるくると回している。
　……今日の昼休みは、葵くんとは一緒にいられないよね。
　呼び出されちゃってるし。
　葵くんに１秒でも早く報告しなければ！
　ていうか、なんだろう、この謎の使命感。
　そんなことを思いながら急いで葵くんにメールを打つ。
【葵くんごめん、今日のお昼は別でお願いします】

【はぁ？　なんで？】
【外せない用事があるんです】
　うー……やっぱり納得してくれない。
【ふーん。華子はいいんだ？　俺が女に襲われても】
　おっ、おそ……!?
　葵くん、そんなこと考えてたの!?
【ていうか華子に拒否権ないって言ったよね？　俺の言うこと聞くんでしょ？】
　そうだけど、そうなんですけど……!!
　でも呼び出されてるしっ、今日はそういうわけにはいかないんです！
【とにかくっ！　今日だけは許してください！】
　そう返信して、スマホをカバンの中に入れた。
　うぅ、これ、あとでこっぴどく叱られるやつだよね。
　はぁ、とため息をついて先生の話を聞く。
　黒板の内容をノートに写して、写して。
　そうしたら、あっという間に授業は終わった。
「きりーつ、れいっ」
　ぺこりとお辞儀をして、もう一度あのメモ用紙を見る。
　……体育館裏で何を言われるんだろう？
　田中さんごときが、葵くんの彼女なんかになってんじゃないわよ！
　……とか？
　ていうか、何人来るんだろう。
　痛いのは、嫌だなぁ……。

「たーなーかーさん？」
「……へ」
　すぐそばで聞こえた声に、慌てて顔を上げる。
「あ、あああっ、葵く……ってちょっと！」
「コソコソして何を企んでるのかと思ったけど……」
　私の手からメモを奪った葵くんは目を細めて意地悪く笑った。
「……ふーん……彼氏の俺より、こんなくだらない呼び出しのほうを選ぶわけ？」
「か、彼氏って……」
　葵くんは本当の彼氏じゃないもん。
　それに、私にとってはくだらなくなんかない。
「こんなの無視しとけばいーじゃん、バカなの？」
　まわりに聞こえないように小さく言う葵くんに、ブンブンと首を振る。
「これを無視したら、私の学校生活が終わってしまう可能性が高いので……！　無視はできませんっ」
「はぁ？」
「こういうのは絶対！　言うとおりにしたほうがいいんです。絶対そう……」
　はぁ、とため息をついた葵くん。
「……一応、田中さんのために言ってるんだけど」
　なんて、そんな言葉、ネガティブモードの私には聞こえていない。

……昼休み、私をジトーッと睨む葵くんから逃げるように体育館裏に向かった。
　あ、葵くんは男の子だし！
　女の子から襲われることはないよね、うんっ。
　なんて、そんなことを考えながら体育館裏をそっと覗き込む。
　だ、誰もいない……。
「ねぇ、何してんの？」
「ひっ!?」
　で、出た……!!
　間近に聞こえた女の子の声に、慌ててパチンと両手を合わせた。
「ごめんなさい!!」
　こういうのは謝っとくのがいちばん！　絶対！
　だから暴力はやめてください……！
「はぁ？　別に謝んなくてもいいのに……ねぇ？」
「うん、ほら、顔上げてよ」
　あはは、って２人で笑う女の子たち。
　顔、初めて見た……他クラスの子、かな？
「こんなとこに呼び出してごめんね。実は田中さんに頼みたいことがあってさぁ」
「た、頼みたいこと？」
「うん！　田中さんにしか頼めないこと！」
　ニコニコ笑っている２人組。
　お、怒られるわけじゃないみたい。

とりあえずよかった……。
「実はうちら、葵くんの大ファンでさ」
「はぁ……」
「だから、葵くんの持ち物、なんでもいいから欲しいんだよねぇ」
　……。
　……ええっと、全然、よくない。
　だってそれってつまりは！
　私に、葵くんの持ち物を盗ってこさせようとしているわけで!!
「田中さんって葵くんの彼女だよね？」
「そういうの簡単にできると思ってさ」
　別にいいよね？
　なんて、そう言いながら寄ってくる。
　あ、危ない……危ないよ、この子たち!!
　それに、いいわけない。
　人様のもの勝手に持っていくのはちょっと……！
「あ、の……その、ごめんなさい!!!」
「あっ、ちょっと！」

　運動オンチなりに頑張って走って、走って……。
「わっ」
　でも、渡り廊下の角を曲がったところで誰かにぶつかってしまった。
「す、すいませ……って」

葵くん!?
　ど、どうしてこんなところに……。
「あ、ごめんなさい、大丈夫……？」
「大丈夫じゃない。ぶつかった腕が痛いし、何やってんだよ華子は」
　早口でそう言う葵くんは、ムスッと不機嫌顔。
　うっ、反省します……。
　もう１回"ごめんなさい"って、謝ろうとした瞬間、葵くんにグッと腕を引っ張られた。
「……ていうか、何もされてねぇの？」
　その言葉に目をパチパチとさせる。
　え、ええっと……。
「戻ってくんの遅いから心配した」
「えっ！」
　私の声に眉を寄せる葵くん。
「何」って聞かれたけど、な、なんでもないです！
　私のこと、心配してくれたんだ……。
　うれしいなぁ。
　思わずフフッと笑ってしまう。
　そんな私に気づいた葵くんは、なんと「チッ」と舌打ちをするわけで。
「……言っとくけど、華子がケガして学校休まれたら俺が困るだけだから」
　プイッとそっぽを向く。
　そんなことを言ってるけど葵くん。

それならどうして私の腕を離してくれないのかな。
「……葵くん、かわいいね」
「はぁ？」
　今日はいつもよりほんの少しかわいらしい。
　思わずクスクス笑ってしまった。
　……って、あれ？　なんだろう。
　葵くんから黒いオーラが出てるのは気のせいかな……!?
「ぅわっ」
　急に掴んでいた腕を引っ張って、私の腰を引き寄せた葵くん。
　突然のことで頭は真っ白になるし、な、何より距離が近いし……！
「あ、葵くん……その、近い気がするのは私だけでしょうか」
「気のせいじゃねぇよ？　だってわざとだもん」
　わ、わざとって……！
　葵くん、ちゃんとわかってるのかな！
「こ、ここ学校だよ……!?」
「学校だね」
「誰かに見られたらどうするの……」
「問題ある？　俺ら一応、付き合ってることになってるし」
　うぐぐっ……。
　た、たしかにそうだけど！　そうなんだけど……！
「でも、そのっ、私がもたないというかなんというか……」
　葵くんみたいにビックリするほど顔が整ってる人が近くにいたら、誰だって心臓が痛くなると思うんだけど。

「しょうがないじゃん。華子が生意気言うから」
「言ったつもりはまったくないよ……!?」
「華子」
「……」
　低い声で名前を呼ばれて、クイッと顎を持ち上げられた。
「あれ、返事は？」
「……はい……」
　小さく呟くと「いい子じゃん」ってクスクス笑う。
「じゃあ、目、つむって」
「えっ!?」
　つむってって……何するつもりなの葵くん!?
　仮にも、ここは学校で！
　いつ人が通ってきてもおかしくなくて！
「あの、それはちょっと……」
「つむれって、言ってんだけど」
　わ、笑ってるけど、目が笑ってないよ、葵くん……。
　……でもここで私が何を言ったって葵くんが聞いてくれるわけない。
　ゴクリと唾を飲み込んで、私は目をギュッとつむった。
　……。
　……あれ……？
　な、何もしてこない……？
　10秒くらい待っても、何も起きない。
　不思議に思っておそるおそる目を開けてみる。
「……」

「ふはっ」
　な、なんで笑ってるの、葵くん。
　何も面白いことしてないよ？
　状況が理解できず目をパチクリとする私に、葵くんは自分のスマホを見せる。
　……っ……なっ!?
「貴重なキス待ち顔ありがとー」
「なっ、んで写真……！　いつの間にっ!?」
　慌てて葵くんのスマホを取ろうとするけど、ひょいっとかわされてしまうわけで……。
　そんな……写真撮るなんて聞いてないよ!!
「はーぁ、本当面白いね。こんな顔してさぁ……何されると思ったの？」
　ニヤニヤする葵くん。
　うぐっ、何にも言えない……。
「もう生意気なこと言わないようにね」
　やっぱり葵くんには敵わない。

田中さんがよかったんだよ

「じゃあ、何もされてないんだよね!?」
「う、うん……！　なんとか！」
　帰りのホームルームが終わったあと、陽菜ちゃんはスポーツバッグを肩にかけて「言うのが遅いよっ」って。
　昼休みに呼び出されたことを言ったらこれだ。うう、ごめんなさい……。
「はぁ……何もされなくてよかったけど……心配だなぁ」
　こんな細い腕じゃ反撃もできないだろうし……って、陽菜ちゃん、ちょっとくすぐったい。
　腕を触ってくる陽菜ちゃんだけど、時計を見て慌てた声を出した。
「ヤバっ、部活始まる！」
「あ、頑張って！」
「何かあったら私に言うこと！　ケンカなら任せてっ」
　えっと、ケンカ、は……よくないよ？
　苦笑いをこぼして、陽菜ちゃんを見送る。
「……さて、と……」
　私も帰りたいところなのだけれど、いつも一緒に帰ってる葵くんが女の子に呼び出されてるから。
　葵くんが来るまで待ってなくちゃいけない。
　さすがみんなの王子様だよね……。
『俺が戻ってくるまで帰らないでよ？　ちゃっちゃと終わ

らせてくる』
　面倒くせー、なんて呟いてたっけ、葵くんは。
　……本当の葵くんは、みんなが思っているような王子様じゃなくて、腹黒くて、ちょっと意地悪な人。
　たまに優しいけど……そういうところ、ちょっとズルい。
　ギャップっていうのかな？
　だからドキドキしちゃうんだよ、私。
　それを見て楽しんでるんだろうけど。
　そんなことを思いながら教室を出る。
　まだ戻ってこないと思うし……今のうちにトイレに行っとこうっと。
『あの、葵くん……いますか？』
　さっき葵くんのことを呼び出した女の子、すごく美人だったなぁ。
　背が高くて、髪の毛サラサラで、目もぱっちりしてて。
　とにかく私とは大違い！
　やっぱり葵くんには、ああいう女の子のほうがお似合いだと思うけれど……。
「葵くんに、彼女がいるってことはわかってるの。でも、それでも諦められなくて……」
　その声にビックリして足を止める。
　廊下の、開けっぱなしだった窓。
　そっと覗いてみると、葵くんとあの女の子がいた。
　えっ、えー……っ、こんなところで告白……!?
　告白スポットはもっと他にもあるよね？　……って！

そんなことを考えている場合じゃないっ。
　どどど、どうしよう？
　ううん、人様の告白現場で盗み聞きするのはよくない。
　よくない、けど……。
　き、気になる……。
「……葵くんのことが、ずっと好きだったの」
　そろーっと、バレないように窓から覗き見た。
　顔を赤くしてる女の子。
　葵くんはどんな返事をするんだろう……。
　彼女がいるとか、そういうの関係なしに、あんなキレイな子から"好き"って言われたら、葵くんだってグラッときちゃうんじゃないのかな。
「……ごめんね」
　だけど、葵くんはこう言うから。
　目を丸くするのも仕方ないよね？
「彼女のこと、大切だから」
「……そう、だよね……」
　聞いてくれてありがとう、葵くん。
　泣きそうな顔をして笑う女の子。
「……葵くんは、彼女さんのどこが好きなの？」
　ヒッ、と息をのんだ。
　こ、この質問……葵くんは答えられないのでは……？
「えっと、それは恥ずかしいから聞かないで」
「あっ、そうだよね、ごめんっ」
　ホッと息をつく。

私は葵くんのニセ彼女だもん。好きなところ聞かれたって答えられるわけないよね。
「……あぁ、でも」
「え？」
「田中さんがよかったんだよ、俺」
　田中さんじゃなきゃダメなんだよね。
　……なんて、その理由が、"言うことをちゃんと聞きそうだから"っていうの、知ってるんだから。
　でも、葵くんの声が優しいから、顔つきもいつもより柔らかいから、ドキッとしちゃうのは、しょうがない……。
　ダ、ダメだ。
　なんだか私が恥ずかしくなってきた……！
　この場を離れようと、急いで立ち上がる。
「１年の時、俺に教科書を貸してくれたことあったよね」
「えっ……！」
「違うクラスだったのに……あの時はありがとう。もしかして、その時からずっと俺のこと想ってくれてたの？」
　そんな葵くんの声に、チラッと２人の様子を見る。
「……でも、ごめんね。三木さんの気持ちは、すごくうれしかった」
　その顔は作り笑顔でもなんでもない。
　……葵くんは、腹黒くて、ちょっと意地悪で、本当は、優しい。
　やっぱり、優しい。
　『ちゃっちゃと終わらせてくる』とか言って、告白して

きた女の子のこと、絶対に傷つけたりしなかった。
「……あれ？」
　前から歩いてくる女の子２人組。
　どこかで見たことあるような……。
『田中さんにお願いがあるんだよね』
　……あっ!!!
　昼休みのあの子たちだっ！
　って、その手に持ってるの……葵くんのジャージ……!?
　あ、危ない子たちだとは思ってたけど……まさか自分たちで葵くんのものを持ち出すなんて……！
　い、いけないことだよ……!?
「あ、田中さんだ」
「葵くんには内緒にしててね？」
　すれ違いざまにそう言って走っていく２人組。
　ダ、ダメだよ……!!
「待って……!!」
　バッと振り返った私は彼女たちを追って、ジャージを持っていた子の腕を掴んだ。
　だ、だって、葵くんは意地悪だし、腹黒いけど、優しい人だからっ。
　そんな人を悲しませるようなことはしたくないし、させたくない！
「そのジャージ、葵くんに返してください……」
　小さくそう言うと、キッと睨まれるわけで……。
「いいよね、田中さんは。葵くんのこと独り占めできるも

んね」
「でも、うちらは葵くんのなんでもないんだよ?」
「私たちが、おいしい思いしちゃダメ?」
　うっ……。
「で、でもっ、やっていいことと悪いことが……!」
「もうっ、うるさいなぁ!」
　ドンッ、と強く押される。
　バランスを崩した私。
　思わずギュッと目をつむると、ふわりと石けんみたいないい匂いが香った。
「何やってるの?」
　受け止めてくれた葵くんを見上げると、呆れたようにため息をついてる。
　"田中さんってやっぱりバカだね"って、言われている気がするのは……。
　う、うん、気のせいじゃないはず。
「あっ、葵くん……!?」
「ヤバイよっ、逃げよ!!」
　葵くんを見た瞬間、サーッと顔を青くしてパタパタと廊下を走っていく。
　残されたのは葵くんのジャージと、口をパクパクさせてる私と、「ったく……」って呟いてる葵くんだけ。
　ジャージを拾い上げた葵くんを見てハッとした。
「お、追いかけなきゃ……!」
「はぁ?」

あの子たちを追いかけて、それで……って、どうして私の腕を掴んでいるの、葵くん？
「追いかけなくてもいいでしょ」
「なっ、なんで!?」
　葵くん、自分のもの持っていかれそうになったんだよ？
　あの子たちに謝ってもらう権利、あるんだよ？
「いーの。慣れてるし。面倒くさいし？」
「慣れてるって……」
　ていうか、華子は大丈夫？
　なんて、人のことを心配する。
　心配してくれてありがとうって言ったら、ケガされたら俺が困る、とか言うんだろうな……。
　って！　違う！　そうじゃないっ。
　……葵くん、葵くんはどうして、
「どうして怒らないの？」
「怒る？　何、急に」
　ポカンとしていた葵くんだけど、少ししてから「あー」って小さく言った。
「だって俺、怒るキャラじゃないだろ。今さらそんなことできるかっつーの」
　爽やかな王子様だからね、ってそう言って笑う。
　葵くん、どうしてそんな王子様キャラを演じているの。
　グッと手のひらを握りしめて俯く私。
　素の自分を見せられないって、すごく、かわいそうなことだ。

それなら、せめて、せめて……さ。
「……葵くん」
「何？」
　首をかしげて私を見る。
　そんな葵くんに、私は口を開いた。
「……私には本当の葵くんでいいからね」
「はぁ？」
　作り笑顔もしなくていいよ。優しくしなくてもいいよ。
「怒っても、いいよ？」
「……ちょっと、華子？」
　だから、だからね、
「私と一緒にいる時は楽にしていてほしいな……」
　私しか葵くんの秘密を知らない。
　葵くんが安らげる場所は、私の隣だけだ。
　スゥッと息を吸って、葵くんを見つめる。
「なんなら私が葵くんを守ってあげるよ……!?」
　そう言ってから、ハッとする。
　ちょっと待って私、いくらなんでもこの発言は恥ずかしすぎる……っ。
「……」
　ほ、ほらっ。
　葵くんだって何も言わないし……！
　守ってあげるって、上から目線だし！　女の私が守るってムリに決まってるし！
　うー……っ。

恥ずかしくてもう葵くんのこと見られないや……。
「……守るってなんだよ、バーカ」
「いたっ」
　いきなり頭を小突いた葵くんをバッと見た。
　い、いくらなんでも叩くのはひどいよ……!?
「華子ごときが俺のこと守るなんて生意気すぎ」
「うっ」
「ていうか守るって何？　軽く引くよねー」
「こ、言葉の暴力……」
　髪の毛をぐしゃぐしゃっと乱す葵くん。
　だけど、少ししてから、その手はゆっくりと優しく、私の頭を撫でた。
「そういうところが、よかったんだよ」
　ポツリと小さく呟いた葵くんに「え」と目を丸くする。
「華子のそういうところ、好き」
　"好き"っていう言葉にボボボっと顔が赤くなる私。
「あ、顔赤くなってるし」
「いっ、言わなくていいですから……！」
　慌てて両手をブンブンと顔の前で振る。
　簡単にそういうこと言うから、照れるのもしょうがないんだよ……。
「ほら、帰るよ」
「あっ、ちょっと待って……！」
　先に行ってしまう葵くんの隣に小走りで駆け寄って、そっとその横顔を見てみた。

……。
　『葵くんのこと守る』とか、生意気なことを言ってしまったけど。
「人の横顔を盗み見て何を企んでんの？　金取るよ？」
　葵くんは、ちょっとうれしそうだった。

葵くんに独占欲はありますか

　昼休み、こっそり屋上で葵くんと一緒に過ごすことにも慣れてきた今日このごろ。
「葵くん、よかったらこれ食べてください」
　いつもお昼ごはんを食べない葵くんに、お弁当を作ってみました。
　私の横で寝転んでいる葵くんのポカンとした顔。
　ゴクリと唾を飲み込む私。
「……何これ」
「中身はサンドイッチです。葵くん、少食っぽいから……」
　だって、男の子だよ？　育ち盛りだよ？
　お昼ごはん食べなかったら身が持たないよっ。
　……って、ずっと思っていまして……。
　ついに、勇気を振り絞って作ってみました。
「ああ、あの！　いらなかったら食べなくてもいいからっ」
「はぁ？　なんで？」
「えっ」
　今度は私がポカンとする番だ。
　まさかそんな反応をするとは思わなかった……。
『華子が作ってきたの？　ちゃんと食べられるか不安だよ』
　とか、言いそうだったのに。
　私の考えていることがわかったのか、葵くんはニヤリと笑った。

「普通にうれしいけど？　……それに、ケガしてまで作ってきてくれたんだろ」
　不器用にもほどがあるよね、って私の指先を見ながら言うから、慌てて両手を後ろに隠した。
　バ、バレてた……！
「これはちょっと！　よそ見してたらうっかり……!!」
　久しぶりに包丁使ったから！　しょうがないんだよっ。
　って葵くん！　そんなにクスクス笑わないで……っ。
「ちゃんと彼女らしくできてんじゃん。いい子いい子」
「なっ、子ども扱いやめて……！」
　サンドイッチを食べながら言った葵くんにムッとする。
「みんなの前でできれば、百点満点なんだけどなー」
「うぐっ」
　でも、よく考えてみてください。
　すべてのカップルが、人前でイチャつくとは限らないと思うのです。
　……なんて、こんなことは言えないんだけど。
　また生意気って言われるかもしれないし。
　……あと２ヶ月、だよね。
　あれからもう１ヶ月もたったことにビックリしてるよ、私は……。
「ねぇ、華子」
「えっ？　な、何？」
　いつの間にか食べ終わっていた葵くん。
　私のことじーっと見て……なんだろう。私の顔に何かつ

いている？
「なんで髪、結んでるの？」
　へ、と間抜けな声がこぼれた。
　な、なんでって……。
「次の時間が体育だからだよ？」
　休み時間のうちに結んじゃおうって思って。
　さっき陽菜ちゃんにポニーテールにしてもらったんだ。
「げ、次って体育だっけ」
「う、うん」
「面倒くせー……」
　はー、と長いため息をついて、また私のことをまじまじと見る葵くん。
　な、なんでだろう。
　どうして今ニヤッと笑ったの!?
「あ、葵くんっ」
「ん？」
「あのっ、どうして近づいてきてるんでしょうか……!?」
　しかも、ゆっくり顔を近づけてきているのは、絶対にわざとでしょう!?
「気のせいじゃない？」
「じゃない！　絶対わざとっ」
「ふは、よくわかってんじゃん」
　手のひらで私のほっぺをなぞる葵くん。
　ぶわぁぁっと赤くなる私。
　し、心臓がドキドキしすぎて痛いよっ！

間近にある葵くんの顔に、思わずギュッと目をつむった。
　だけど、少しするとクスクスという笑い声が耳元で聞こえてきた。
　……え?
　おそるおそる目を開けて見ると、ポニーテールにしていた髪に指を絡めて、ニヤニヤと私のことを見ているわけで。
　わ、私ったら、いったい何されると思ったんだ……!!
「キスされるかと思った?」
「っ!?」
　耳元でそう囁かれてビクッと肩が上がる。
　……葵くん、意地の悪い顔で笑っているし……。
　ふいっと葵くんから目をそらして首を振った。
「ふーん?」
　た、楽しんでる……私の反応を見て楽しんでるよっ、この腹黒王子様はっ!
　意地悪だっ……!
「……まぁいいや。華子、俺ね」
　言いながら、スルッとヘアゴムを取る葵くん。
「髪、結ばないほうが好き」
「なっ……!」
　完璧、遊んでいる。
　遊ばれている。
　だって今の葵くん、すごく楽しそうだ。
「いつもの髪型のほうがかわいいよ、華子は」
「かっ、からかわないで……!」

えー？　って、そんな残念そうに言わないでくださいっ。
「華子の困った顔見るの楽しいからさ」
「私は楽しくないです！」
　めちゃくちゃにしてやりたいなぁ、って葵くん!?
　そそそ、それはいったいどういう意味なの……!!
　慌てて距離を取る私に、腹黒王子様はため息をついた。
「華子が言ったんじゃん。2人の時は本当の俺のままでいいよって」
「そうだけどっ」
「優しくしなくていいんでしょ？」
「そ、そうなんだけど……っ」
　こういう意味ではなくて！
　たしかに"本当の葵くんでいいよ"とは言ったけどっ、でも、困るんだよっ！
　その日からやたらと、"好き"とか"かわいい"とか言ってくるんだ、この人はっ。
「し、心臓が持たないの……！」
　葵くんは、すごいドキドキさせてくるから本当に困っている。
　しかもその理由が、私の困った顔が見たいだけ。
　タチが悪いよ……。
「へーぇ……持たないんだ？」
「そうだよっ」
　赤くなっている私を見てクスッと笑う。
「華子のくせにかわいいこと言うじゃん」

「……かっ……!?　……っ、もう！」
　ほら……心臓に悪い。
「っ、私もう行きますっ!!」
　今日も今日とて。
　葵くんに振り回されています。

「……葵くんにドキドキさせられて本当に困ってるの……」
　更衣室にて。
　もう一度、陽菜ちゃんにポニーテールにしてもらっている私。
　昼休みにあったことを話してから、はぁ、とため息をついた。
「……あのさぁ、華子」
「何？」
「華子たちって……付き合ってはないんだよね？」
　……。
「付き合ってないよ……!?」
　仮にでも私と葵くんはニセ物のカップルだよ!?
　どうして急にそんなこと言うの、陽菜ちゃんっ。
「だって、なんか普通にイチャイチャしてるなーって」
「ええっ」
　できたよ、と肩を叩いて更衣室を出る陽菜ちゃんに慌ててついていく。
「普通なんとも思ってない子にそんなふうにスキンシップするかなー」

「だ、だからっ」
　それは、葵くんが私の困った反応を見たいからで！
　それ以外の理由は絶対にないよ!?
「ていうか！　そもそもどうして華子を選んだのかも謎！」
「うわぁぁ！　陽菜ちゃん声大きい……っ」
「しかも理由が言うこと聞きそうって……たしかに華子はいい子だけど……。アイツがニッコリ甘くお願いすればみんな喜んで従うでしょうがっ」
　そ、それはたしかに……？
　スニーカーに履き替えてグラウンドに出る。
　今日は球技大会の練習をする特別授業で、体育だけど男子も一緒だ。
「華子、これは私の予想なんだけどさ」
　そう切り出した陽菜ちゃん。
　その瞬間、先生のホイッスルの音が響いた。
「……もしかしてあの腹黒王子、あんたのこと好きなんじゃないの？」
「……えっ……」
　葵くんが、私を好き？
「ほらーっ、早く集合しろ！」
　先生の大きな声。
　パチパチと瞬きを繰り返す私。
「ていうか、華子、あんたはアイツのことどう思ってるの？」
　どう思っているって……。
　そんな、急に言われても……。

でも、葵くんと一緒にいても嫌な気持ちはしないよ？
　すごくドキドキする時もあるよ。
「まぁ、急に言われてもって感じだよね。ごめんね！　忘れて！　うちらも整列しよ！」
「あ、うん……」
　葵くんが爽やか王子の仮面を被（かぶ）っていると、守ってあげたくなるよ。
　ムリしないでって、言いたくなるよ。
『あんたのこと好きなんじゃないの？』
　あはは、まさか……！
　葵くんが私を好きになることなんてありえないよ、うん。
「じゃ、男子から出席とるぞ」
　それに葵くんのことを好きになってしまったら、私のくせに生意気だ。
「……三河！」
「はい」
　ドキッ。
　うぐぐっ、陽菜ちゃんがあんなこと言うから、変に意識してしまう……！
　返事しただけ！　葵くんは、はいって言っただけ!!
　ブンブンと首を振ってから気づいた。
　あ、葵くんが、こっち見て、る……？
"見・す・ぎ"
　小さく口を動かした葵くんに、ボンッと赤くなる顔。
　そんな私のことを見てニヤニヤ笑うし、もう、本当に何

なの……っ。
「田中ー」
「は、はいっ」
　慌てて返事をして、両手でほっぺたを包み込んだ。
　意識しすぎ。赤くなりすぎ。
　葵くんは、本物の彼氏じゃないんだから。
　そうだよ、葵くんは友達っ！
　それに、あと２ヶ月したら、私たちの関係も終わるわけだし……。
　……クリスマスがすぎたら、終わるんだし。
「……」
　って、どうしたの、私。
　どうして今、ちょっと胸が痛くなったの？
「おーい、華子！」
「ひゃっ！」
　強く肩を叩かれてハッとする。
　まわりを見れば、みんな立ち上がり始めていた。
　わ、私ったら考えごとに夢中になってた……！
　えっと、どうすれば……？
「今から種目ごとに分かれて練習するんだって。聞いてなかったでしょー？」
　ツン、とほっぺたをつつく陽菜ちゃん。
　うう……聞いてませんでした……。
「華子はバスケだよね」
　ちなみに陽菜ちゃんもバスケ……って、え!?

そうだった……。
　陽菜ちゃんはソフトだったの忘れてた……。
「わ、私1人で頑張れる気しない……」
「まぁ、できれば華子と同じ種目がよかったんだけど……。ほら、私は部活もソフトだし。頼まれちゃってさ……」
「そんなぁ……！」
　陽菜ちゃんもいないし、よりによってもっとも苦手なバスケ……。
　悪い予感しかしないよ!?
「……あ、名前を呼ばれてる……。ごめんね、華子っ……頑張って！　バスケは体育館で練習だって！」
「あっ、陽菜ちゃ……!!」
　い、行ってしまった……。
　ゴクリと唾を飲み込む。
　せ、せめて、お願いです、神様。
　どうか、同じチームの子たちが、優しい人たちでありますように……。

「……あ、田中さん来た！」
「遅いよ、田中ちゃん！」
　うっ。
　こ、これは……ヤバイです。
　ヤバイですよ、神様!?
　おそるおそる体育館に入ってみて、田中華子、今にも逃げ出してしまいたいと思いました。

み、みみ、みんな運動神経いい子ばっかりなんだもん!!
こんなんじゃ、足を引っ張ってしまうに決まっている！
ど、どうしよう!!
　アワアワしながらチームの子たちとあいさつを交わすと、ボールが転がってきた。
「あ、これからミニゲームやるから、田中さんは次のゲームに入って！　とりあえず今は得点係やってくれるとうれしいかも！」
　ボールを取りに来た現役バスケ部さんの言葉に、コクコクと頷く。
　ハキハキしてて、しっかり者だぁ……。
　私とは大違い……。
　怖い人たちがいなくてホッとしたけれど……本当に困ったな……。
　はぁ、とため息をついてペラッと得点表をめくる。
「……へー、田中さんがバスケできるなんて知らなかったなぁ」
　聞き慣れた声が後ろで聞こえて、思わずビックリして振り返った。
「本当にバスケできんの？」
「あ、葵くん……!?」
　ま、まさか葵くんの種目もバスケだったなんて！
　ネットを挟んだ向こう側。
　そっちは男子がバスケのゲーム練習をしてた。
　休憩してるのかな……それともからかいに来ただけ？

「……私が運動神経いいように見える？」
「ふは、全っ然見えない」
　うっ、そんなニッコリ笑いながら言わないで！
　バスケットボールを片手にニコニコと笑う。
「本番でみんなの足を引っ張って、田中さんって本当に使えないよね、とか言われて嫌われるパターンだよね、これ」
「はうっ……」
　現実になりそうな葵くんの言葉にダメージを受ける私。
　ど、どうしよう……。
「バスケ、教えてあげようか」
「えっ!?」
　パッと葵くんを見ると"なんだよ"って言われた。
　い、いや別に何もないけど……。
『教えてください葵様って言ったらだけどな』
　とか、言わないの？
　……本当に、助けてくれるの？
『あんたのこと好きなんじゃないの？』
　さっきの陽菜ちゃんの言葉が頭の中に浮かんだ。
　だっ。
　だから！　意識しすぎ!!
　葵くんはそんなこと思ってないよ！　赤くなっちゃダメだよっ！
「っ、い、いい！　大丈夫、です……！」
　そう言ってしまってから、私、気づいた。
　……葵くんが、ものすごーく不機嫌になっていることに。

「……あ、そう、ふーん？　断るんだ？」
「えっ、あ、その……！」
「まぁ、いーけど？　せいぜい頑張りなよ」
　笑ってるけど、葵くん！
　目が全然笑ってないよ!?
「……俺が華子ちゃんの練習に付き合ってあげるよ」
　突然聞こえた声のほうを見て、目を丸くする。
　だってまさか、そんなことを言ってくれるとは思わなかったから……あまり話したこともない男子だし。
　いつからそこにいたんですか……!?
「お、大野くん……」
「やだな、リョーヘイって呼んでよ、華子ちゃん」
　キラッキラの笑顔が眩しい、大野　涼平くん。
　ほんのり焦げ茶色の髪の毛は染めているのかな？
　それとも地毛？　わからないな……。
　ピアスがキラッと光っている。
　右目の下にあるホクロが、なんだか色っぽい。
　それに……葵くんと同じように人気者で、女の子によくモテる。
　だけど少し……いや、かなりチャラいから、私は苦手なんだけど……。
「……でも、大野くんも練習があるし申し訳ないよ。個人練習なんて勝手なこと、チームにも迷惑かけちゃうし」
「大丈夫だって。俺からみんなに話すし。そもそもチームのみんなだって勝ちたいんだから、反対するヤツなんてい

ないよ」
「……そ、それはそうだけど……」
　たしかに、大野くんの言うことはわかる。
　私も足を引っ張りたくないし、大野くんが説得してくれるなら、チームのみんなも納得してくれそう。
　そんなことを考えていると、大野くんの口から思ってもない言葉が飛び出した。
「いいでしょ、三河。華子ちゃんに断られてたし」
「……どうして俺に聞くの？　本人に聞いてみなよ」
　爽やかに笑って、ね？　なんて私に言ってくる。
　正直、こ、怖いです……葵くん。
　でも、陽菜ちゃんもソフトで忙しいだろうし……。
　私にはもう、大野くんしか頼れる人はいないわけで。
「……あの、よろしくお願いします……」
「やったー。よろしくね」
　上機嫌になる大野くんとは反対に、葵くんの後ろに黒いオーラが見えるのは……気のせいじゃないはず……。
「じゃ、あっち行って練習しよ」
「あ、うん……！」
　大野くんが近くにいた同じチームの女の子に事情を話してくれ、大野くんのあとに続いてネットをくぐる。
「……田中さん」
「わっ」
　だけど、葵くんの横を通りすぎようとした時、思いっきり手首を引っ張られた。

え、と思った時には、
「っ」
　葵くんは、私の指先にキスをしていて。
「頑張ってね？」
　なんて言うし、ぶわぁぁっと、顔が赤くなるのもしょうがないじゃないか。
「……あとで覚悟しとけよ」
　耳元でそう囁かれて……い、いろいろな意味でドキドキした。

「あの……葵くん」
「……」
「葵くんってば……！」
　帰り道。
　葵くんのことを何回も呼んでいるのに……完全無視。
「体育の時は、ごめんなさい……」
　こうやって謝ってもチラッと私を横目で見るだけ。
　うう、やっぱり機嫌直してくれないなぁ……。
　せっかく俺が教えてやるって言ったのに、大野を選ぶとかどーいうことだよ。
　……とか、思ってる。絶対思ってる！
　でも、しょうがないんだもん。
　大野くんが、どんどん話を進めるから……
　駅までの道のり。
　相変わらず葵くんは何も言ってくれない。

心の中でため息をついた。
　意地悪を言われるよりも、この状況は辛いなぁ、なんて。
「華子」
「……えっ！　あ、はいっ」
　いきなり名前を呼ばれてビクッと肩が上がった。
　おそるおそる葵くんを見ると、ニッコリとお得意の爽やかスマイルを浮かべていて。
　つ、作り笑顔だって、わかってるんだよ？
「どう？　バスケ、上手くなった？」
「えっ……と」
　上手くなったかどうかは、わからないけど……。
『あの白い線を狙えば絶対入るよ。やってみ？』
『華子ちゃん、ちゃんと膝のクッション使わなきゃ』
　赤信号になった横断歩道の前。
　葵くんの隣に並んで、さっきのことを思い出す。
「少しはマシになったかも……。大野くん、教え方上手くて、すごい頼りになったよ」
　華子ちゃんならできるよ、って、言ってくれたし……。
　……って、ちょっと待って、私。
　いくらなんでも、ここまで言わなくてもよかったんじゃあ……!?
　大野くんのことで葵くんが不機嫌になっているの、知っていたくせに!!
「だろうね。手取り足取り教えてもらってたもんね？」
「ひっ」

「腕とか、腰とか？　触られてたけど……無防備すぎじゃない？　ねぇ？」
　た、たしかに、飛んできたボールから私を助けるために腰を引き寄せられたことはあったけど！
「かなり距離も近かったし。おかしいなぁ。華子は誰の彼女だっけ」
「か、彼女って……」
　ニコニコ笑っているけど、今はその笑顔が怖いよ、葵くん……!?
　……それに、私は、
「……葵くんの本当の彼女じゃないもん……」
　自分で言っておいて、どうして傷ついてるんだ、私。
　もう訳がわからないよ。
「……葵くん、まるでヤキモチ妬いてるみたいだよ……？」
　そう言ってから、自分がとんでもないことを口走ってしまったことに気づいた。
　わ、私ったら何を言って……!?
　っ、え……。
　だけど、葵くんを見て、私はビックリしたんだ。
　ど、どうして、葵くんが目を見開いてるの？
「……葵くん？」
　小さく名前を呼ぶと、ハッとして私のことを見た。
　眉を寄せて、顔をしかめる。
　それから私の手首を掴んで、くるりと方向転換。
「……ちょっ、どこ行くのっ」

駅とは真逆の方向だよ!?
　私の声を無視して、ずんずん進んでいく葵くん。
　ついた先は少し人通りのない路地裏で。
「……華子」
　壁に背中を押しつけて、低い声で私の名前を呼ぶ。
　葵くんが掴んでいたのは手首のはずなのに、いつの間にかギュッと右手を握られていた。
「な、何……？」
　いつもと雰囲気が違くて、戸惑う。
「……俺って、独占欲が強いみたい」
「……っ、へ」
「どうしてイライラしてんのか自分でもわかんなかったんだけど」
　華子のおかげで、すべて解決したわ、なんて、そう言った葵くん。
　え、えっと、それってつまりは……？
「自分のものに勝手に触られると腹立つ気持ち、わかる？」
「えっ？」
「華子は俺のものだろ。違う？」
　わ、私はものじゃないよ……って、ちょっ……、あ、葵くん……‼
「ちっ、近いです……！」
　まだ不機嫌な顔で、私のことを覗き込む。
　握られていた右手は、恋人つなぎになってるし……。
　な、なんかもう、頭真っ白になってきたよ……っ!?

「……ねぇ、なんで俺じゃなくて大野のこと選んだわけ？」
　顔にかかっている髪を耳にかけて、私のほっぺたをそっと触る葵くん。
　な、なんでって……。
『あんたは、アイツのことどう思ってるの？』
　陽菜ちゃんにこんなことを聞かれて、葵くんのことを変に意識してしまったからだ。
　違うよ、陽菜ちゃん。
　私は、私は葵くんのこと好きだなんて思ってない。
「い、言えない……」
「ダメ、言って」
「……でも……」
　好きだなんて、思ったことは、ない。
「言えって」
　はずなのに。
　やっぱり、葵くんと一緒にいるとドキドキしてしまう。
「……っ」
　……この気持ちがなんなのか、わかんないよ。
「……」
　何も言わない私に、はぁ、とため息をつく。
　ビクッと肩が上がる私。
「……生意気」
　ボソッとそう呟いて、それから、
「……華子は俺のものだって印、つけてあげようか？」
「っ、な……！」

……それから。
「いっ……」
　首筋に埋めていた顔を上げた葵くんは、真っ赤になった私を見て、クスッと笑った。
「ご、強引すぎるよ……っ!?」
「だって華子が強情なんだもん」
　だからって、だからって……!!
「1週間は消えないかなー……」
　ツーッと首筋をなぞる葵くん。
「……じゃ、帰ろっか？」
　機嫌が直って、うん、それは本当にいいことなんだけど、このキ、キスマーク、どうすればいいんですか……!!

華子にお願い

　球技大会まであともう少しの今日。
「それで華子にキスマークつけたって……アイツ１発殴ってやる……!!!」
「陽菜ちゃん！　落ちついてっ!!」
　葵くんにつけられたキスマークは、やっと消えかかってきた。
　陽菜ちゃんをはじめ、みんなにバレないように頑張って隠していたんだけど……。
『そーいえば華子、その絆創膏(ばんそうこう)どうしたの？』
　さすがは鋭い陽菜ちゃん。
　チラッとだけ見えた絆創膏に気づかれてしまいました。
　自習になった数学の時間にて。
　怖い顔をして葵くんのところに行こうとする陽菜ちゃんの腕を慌てて掴む。
　ううう、絶対にこういう展開になると思ったから話さなかったのに……！
「あ、あのね!?　目立つ場所だから困るけど……でも大丈夫っ」
「うー……華子がそう言うなら……」
　ムスッとする陽菜ちゃん。
　苦笑いをする私。
「ていうか、華子、あんたは嫌じゃないの？」

「えっ」
「だって好きでもない人からそんなんつけられて……」
　ビシッと指をさされるのは、キスマークを隠している絆創膏。
　い、嫌っていうか……。
「困ったなぁ、って、思うぐらい……？」
「はぁぁあ？　本当に？」
　い、勢いがすごいよ、陽菜ちゃん……！
「……ねぇ、じゃあ、嫌だって思わないのはなんでだろう？とか思わないの？」
「……なんでだろう？」
「っこの鈍感！」
　バンッと机を叩いてため息をつく。
　え、ええーっ……私、何かまずいこと言っちゃった？
「まぁ、いいや……。私から言うのも違うと思うし……」
　独り言のように呟く陽菜ちゃんに首をかしげる。
「……あ、じゃあ、バスケの練習は？　結局大野にずっと見てもらってたの？」
「うーんっと、それがね……」
　ちょうど昨日は体育があって。
『華子ちゃん今日もよろしく』
　なんて言いながら近づいてきた大野くんに、
『悪いけど、今日から俺が教えることになったから』
　すかさず葵くんがこう言ったんだ。
　ニッコリ笑っていたけれど、相変わらず目は笑ってな

かったな……。
「何それ……。それって三河は華子のこと……」
「ん？」
「んーん、なんでもない……」
　陽菜ちゃんがそう言うなら深く聞かないけど……。
「……でもさぁ？　大野は気にせず華子に絡みにくるよね」
　バスケを教えてもらってから、大野くんと話すことが増えた。
　休み時間とか、たまに授業中とか。
『華子ちゃん今日暇？　みんなでカラオケ行こーよ』
『待って俺その答えわかんねー！　華子ちゃん教えて？』
　……た、たしかに言われてみれば……。
「だから最近、三河はイライラしてんのかぁ……。謎が解けたよ」
「えっ、そんな理由……!?」
「ちょっと嘘でしょ？　一緒にいる時間が長いのに気づかなかったの!?」
　い、言ってくれないとわからないもん……。
　機嫌悪いなぁっていうのはわかってたけど……。
「はいはーい！　今日は前々から決まっていた席替えをしちゃいたいと思いまーす!!」
　女の子に話しかけられて笑顔で対応している葵くんに視線を移した時、学級委員のそんな言葉が教室に響いた。
　そういえば、今日は席替えの日だったなぁ。
「うしろの席がいいよね」

「うん、そうだね」
　いつの間に作っていたのか、クジ引きの箱を教卓の前にドンと置いた学級委員。
「もう早い者勝ち！　みんなドンドン引きに来ーい！」
　それを合図にわぁぁっと箱に集まるクラスのみんな。
「華子、私らも行こ！」
　陽菜ちゃんにそう言われて、うんと頷いた。
　引いた紙に書かれた数字は18番……だから、あ、今度はいちばん前の席だ。
　しかも廊下側……うう、ちょっと寒そうだなぁ。
　黒板に書かれた数字を見ながら小さく苦笑いをする。
「華子！　何番？」
「18番だったよっ」
「えーっ、めっちゃ離れてるじゃん……！　ちょっと近くの番号の人と交換してくる!!」
　その言葉に、ぱぁぁっと顔を輝かせる私。
　近くに陽菜ちゃんがいたら、きっと楽しいだろうな。
　……そうだ、葵くんは何番だったんだろう？
　キョロキョロと葵くんを探す。
「ねぇ、葵くんは何番だったのかな？」
「私、隣がいいなぁ」
　そう言ってる女の子2人組。
　その視線の先をたどった。
　あ……。
　パチッと目が合う。

それから、葵くんはクジの紙を私に向けた。
　37番……は、窓側いちばん後ろ……。
　私が前に座っていた席。
　……すごい離れているなぁ。
　って!!　どうしてヘコむかなぁ、私……！
「田中さん」
「っう、わ、葵くん……！」
「そんなビビんなくてもいーじゃん」
　ムスッとする葵くんにアワアワする私。
「席どこ？」
「あっ、と、18番……」
　いちばん前の席だよ、って言ったら、またさらに不機嫌になる。
「すっげぇ離れてんじゃん」
「……離れてるね」
　……ねぇ、葵くん。
　そうやって不機嫌になるのは、私と近くの席がよかったってことなのかな？
　だとしたらうれしいなぁ……。
「じゃあその席に移動しちゃってくださーい！」
　荷物を持って、いちばん前の席に移動する。
　……ていうか私！　ニヤニヤするのやめなさいっ。
　イスに座って、ペチペチとほっぺたを叩いた。
　……もう、最近やたらと変なことばかり考えてしまう。
　私のくせに、生意気なんだから。

「……あ、隣、華子ちゃん？　マジ？」
　その声に顔を上げる。
　キラキラの眩しい笑顔……チャラいけど人気者の、
「お、大野くん……!?」
「わは、ラッキー。華子ちゃんよろしくね」
　こ、これは……なんていう偶然なんだろう。
　ニッコリと笑う大野くんに、とりあえず小さく笑って見せる。
　……陽菜ちゃんが言っていた。
　葵くんは、私と大野くんが話してるところを見ると不機嫌になっているって。
　うう、大野くんには悪いけど……ちょっとだけ距離を置かせてほしいかも……。
「あれ、もしかしてそれ、キスマーク隠してんの？」
「えっ……!?」
　大野くんが指さすのは首元の絆創膏。
　バッと慌てて隠すと、「ふーん？」ってニヤニヤする。
　わ、私のバカ……！　動揺しすぎだから!!
「三河につけられたんだ？　アイツ意外と独占欲強いね」
「うっ」
「華子ちゃん大変そう。爽やか王子とか言われてるけど、三河って腹黒いヤツだし」
　そ、そうなんです……本当にそのとおり。
　ニコニコと笑顔を浮かべる大野くんに頷きかけたところで、私、気づきました。

どうして葵くんの本性を知っているの……!?
　危ないよっ、大野くんの言葉を肯定するところだった！
「そ、そうかな……？」
「えー？　今さら隠そうとしなくたっていいのに」
　うっ、大野くんってニコニコしているけど鋭い……。
「華子ちゃんと一緒にいるところ見れば一発でわかるよ」
　すごい意地悪されてるでしょ？　なんて。
　……はい、そうです。
　意地悪されてます。
　私の困った顔が見たいんだって、葵くんは。
「嫌ならやめればいーのに」
「え？　……えっと、何をかな」
　大野くんのいきなり発言に首をかしげた。
「三河の彼女のフリするの。本当は付き合ってないんでしょ？」
　ゴクリと唾を飲み込む。
　い、いったいこの人は、どこでそんなことを知ったの！
「１ヶ月ぐらい前だっけなぁ……。三河と華子ちゃんがその話してるの聞いちゃったんだよね」
　忘れ物を取りに教室へ行ったら偶然ねー、って。
　そ、そうだったの!?
「何かの冗談かと思ったんだけど、２人が付き合ってるって噂を聞いて。ピンと来ちゃったんだよね」
「う……」
「あ、否定しないんだ？　素直だね、華子ちゃんって」

クスクス笑う大野くん。
　だって、否定したってどうせ信じてくれないでしょう？
「まぁとにかくさー、困ってるならそんな関係、さっさとやめちゃいなよ」
　どうせ女避けだけのためでしょ？
　そう続けた大野くんに、チクッと、なぜかちょっとだけ胸が痛んだ。
　……葵くんのスキンシップとか、意地悪なことを言うところとか。
　たしかに私はそれが原因で困っているし、最近は変に意識してしまうし、さっきみたいに胸が痛くなる時もあるし。
　どうにかしたいと、思っているよ？
「……でも、放っておけないから……」
　葵くんが休められる場所は、私の隣だけ。
　小さくそう言うと、大野くんは目を細めて「ふーん」とひと言。
　お人好しだね、なんてため息交じりの言葉に私は苦笑いをする。
「……でもいいの？　俺、いつでも言えちゃうよ」
「……え？」
　ポカンとする私に、大野くんはニヤリと口角を上げた。
「華子ちゃんは三河の本当の彼女じゃないってこと」
「え」
「あと、みんなに大人気の王子様は、実は腹黒くて性格も悪いってことも」

「えっ!?」
　ほ、本当の彼女じゃないってことならまだしも……。
　葵くんの本性のことは、ダメだ……！
「まわりからの評判落ちちゃうよなぁ。三河、ひとりぼっちになったらどうしようね？」
　楽しそうな大野くんの顔。
　葵くんも意地悪だけど、大野くんだって負けていないよ。
「それは困る……」
　葵くんがまわりから悪く思われるのは、嫌だ。
「じゃあさ」
　ニコッと、小犬みたいな顔して笑う大野くんを見た。
「俺とも仲よくしてよ。三河がイライラするからって冷たい態度を取られのは傷つくなぁ」
　エ、エスパー!?
　どうして私が考えてたことわかっちゃったのかな……!?
　……でも。
　それで秘密にしてくれるなら……いいよね？
　ゴクリと唾を飲み込む。
「わ、わかった」
「あは、うれしい。ありがとー」
　大野くんは、人気者で、チャラくて、それで、とっても鋭い人だ。

「……ん、まぁ、マシになったんじゃねぇの」
　球技大会前日の体育の時間。

ミニゲームに参加していた私を見て、葵くんが一言。
　　や、やっと褒めてもらえたよ……っ。
「あ、葵くん、ありが……」
「まぁそれでも平均以下だけど。田中さんの運動神経どうなってんの？」
　　……。
　　うん、うんまぁ、ね、うん。
　　葵くんが素直に褒めることなんてね、ないってことはわかってたけど……。
「意地悪だ……」
「今さら何を言ってんだよ」
　　フッと笑う葵くんに、むすっとする。
　　たしかに葵くんは意地悪だ。
　　だけど最近は……そう、席替えをした日ぐらいから、
『華子、遅い。ノロマ。カメ以下』
『華子を見てるとイライラしかしない』
『……はぁー……』
　　葵くんの意地悪さに磨きがかかっているような気がするのは！
　　絶対に気のせいじゃないよね!?
　　ため息とか！　もう悪口言われるより傷つくからね!?
　　……まぁ、でもたぶん原因は……。
　　バスケットボールを両手で持って、そっと葵くんの顔を覗き込む。
「あの、大野くんは、意外といい人だよ……？」

隣の席になった大野くんのせいだと思うんだけど……。
私がそう言うと、葵くんの眉がピクッと動いた。
「はぁ?」って。
や、やっぱり怒るよねー……。
「……あのさ、田中さん」
「え、な、何……」
私の名前を呼んでジトッと睨む葵くん。
「田中さんは俺のじゃねぇの」
ふて腐れたようにプイッとそっぽを向くから、ふ、不覚にもキュンと来てしまうわけで……。
慌てて首を振る。
そしたら、葵くんは私の首元を見た。
「……俺がつけた印、もう消えたんだ?」
「っ、へ!」
この前つけられたキスマークを思い出して、ボンッと顔を赤くする私。
「またつけてあげようか?」って言う葵くん! もういいですから……!
「……田中さんって学習能力ないよね」
「うっ」
ため息をつく葵くんに、何も言い返せない……。
で、でもしょうがないんだよ?
『華子ちゃん、教科書見せて』
教科書を忘れたって言われたら見せなきゃいけないし。
『連絡先交換しよーよ。スマホ貸して?』

こう言われたって断る理由がないもん……。
　それに、葵くんの本性を言わないでくれているし……。
　こうするしかないんだよ。
「……ごめんね……」
　葵くんが不機嫌になるのは、……きっと大野くんのこと、あんまり好きじゃないからだ。
　見るからに性格が合わなそうだもんね。
　そんな人と仲よくしてほしくないんだよね。
　だけど、どうしようもできないなぁ……。
　心の中でため息をついて、ボールをカゴの中に戻す。
　もうこの時間で今日の授業は終わり。
「……あの、私、明日頑張るね！　せっかく教えてもらったし、無駄にしないようにする」
　葵くんにニコッと笑ってみせた。
「……転んだら笑ってあげるよ」
　むすっとしたまま答える葵くん。
　今日は用事があるから一緒に帰れない、そう言った葵くんにコクリと頷く。
　その瞬間に授業の終わりを知らせるチャイムが鳴った。
「……あ、私は更衣室に行くね！」
　小さく手を振って体育館を出る。
　タイミングよく会った陽菜ちゃんと一緒に更衣室に向かった。
「バスケどう？　上手になった？」
「うん、葵くんと大野くんのおかげだよ」

ジャージを脱いで制服に着替える陽菜ちゃん。
　　とくに葵くんにはお世話になっちゃったな……。
　　葵くん、自分の練習あんまりできてなかったよね？
　　明日、大丈夫かなぁ……？
「陽菜ちゃん、今日も部活？」
「ううん！　でも明日の球技大会の準備を手伝わなきゃいけないんだよね」
　　……じゃあ、本当に今日は久しぶりに１人で帰ることになるんだね……。
　　ＤＶＤでも借りて帰ろうかな？

「じゃあね、華子！」
「うんっ、お手伝い頑張ってね」
　　帰りのホームルームが終わり、陽菜ちゃんと別れてローファーに履き替えた。
　　校門を出て、駅へと向かう。
「葵くんにお礼したいな……」
　　クッキーとか作ったらなんて思うんだろう？
　　私のくせに生意気かな。
　　……いやいやっ、お礼ぐらい誰でもするしっ。
「チョコチップと抹茶とプレーン……」
　　どの味が好きなんだろう？
　　私、一緒にいる時間は長くても、葵くんのことをあんまり知らない。
　　喜んでくれるかな？　それとも引いちゃう？

……。
　なんか楽しいかも……。
　誰かのために何かを計画するの、ワクワクするなぁ……なーんて。
　ふふっと、1人で小さく笑う。
　それから、赤信号の横断歩道の前で、なんとなく後ろを振り返った。
「……え?」
　少し離れたところで、私を怖い顔で睨む女の子たち。
　……5人、くらいいる。
　ドクンと心臓が嫌な音を立てた。
『ただでさえ、いろいろ女からよく思われてないんだからね!』
　前に陽菜ちゃんにこう言われたことあったっけ……。
「ねぇっ、田中さん」
　少し大きな声で名前を呼ばれて、ビクッと肩が上がった。
「話あるんだけど。こっち来てくんない?」
　クイッと顎で指す場所は、人通りの少ない路地裏があるところ。
　ゴクリと唾を飲み込む。
　……痛いのは、嫌だ。
　こういうのは、大人しく従うのがいちばんいいってことは知っている。
　……でも、怖いっ。
　だって、女の子たちの顔は怒っている。

この前の、昼休みの２人とはまったく雰囲気が違う。
　　　何をされるのか、言われるのか、想像したら怖くなった。
　　　……だから、
「っ」
「あっ、ちょっと!!」
　　　青になった横断歩道を全速力で走った。
　　　駅までたどりついたら、安全で、安心。
　　　でも私の体力でそこまで走るのは絶対にムリだ……。
　　　どうしようっ……！
　　　どこかに隠れるしか……。
　　　ううん、でもその前に、
「……っ、はぁ」
　　　ブレザーのポケットからスマホを取り出す。
　　　歩いてくる人を避けながら、名前を探した。
　　　耳にスマホを当てながら、チラリと後ろを向く。
　　　あの子たちのことが、見えた。
　　　このままじゃ追いつかれる……！
　　　プルルルッとコール音が鳴っている。
　　　まだ、出てくれない……っ。
　　　私だって……わかってる、ちゃんとわかってる。
　　　こういう時に頼るのは卑怯なことぐらい。
　　　でも……。
　　　お願いだから、ねぇ。
　　　早く出てよ……。
　　　葵くん……っ！

《……もしもし？》
　電話越しに聞こえた声に、ホッとしたのも束の間。
　グイッと肩を引っ張られて、あぁ、追いつかれちゃったんだなって、気づいた。
「……っ、助けて、葵くん……」
　聞こえたかどうかはわからない。
　スマホを奪われてしまったから。
「男に頼るなんてやっぱり最低女だね、アンタって」
　こっち来な。
　そう言って強引に引っ張られる。

「いたっ……」
　連れてこられたのは、やっぱり路地裏で。
　ドンと押されてバランスを崩した私は転んでしまった。
　冷たい地面に膝つく私を、ニヤニヤしながら残りの４人が私を囲む。
　ひ、冷や汗が止まらない……。
「ずっと思ってたんだけど、なんで田中さんみたいな子が葵くんの彼女になってんの？」
　リーダー格の女の子。
　顔、見たことない……。他クラスの子だ。
「まぁ、どうせアンタがムリ言って付き合ってもらってるんでしょ？」
「葵くん優しいからアンタの言うとおりになってるけど、そんな自己中なことしていいと思ってんの？」

「それに……」
　リーダーの女の子の手が伸びてくる。
　ギュッと目をつむると、胸ぐらを掴まれた。
「最近は大野涼平とも仲いいみたいじゃん。何を考えてるわけ？　そんなに男に構われたい？」
「大人しそうな顔してずいぶん大胆だね、アンタって」
　その冷たい声に頭が真っ白になった。
「身のほどを知りなよ。アンタみたいな子が」
「っ、う」
「葵くんの隣に並んじゃダメじゃん」
　クスッと鼻で笑う。
「あぁ、そうだ。さっきアンタのスマホで葵くんにメッセージ送ったから」
「……え……」
「【さっきの電話はなんでもないから】って。残念だったね？」
　……そんな……。
　それじゃあ、葵くんは来ない……。
「……まぁ？　アンタごときのために葵くんが駆けつけてくれるなんてあり得ないけど」
「っ……」
　パッと手を離したその子は、パンパンと手を払うと、私のことを鋭く睨んだ。
『身のほどを知りなよ』
「……」

……うん……そうだった。
「あと、【聞いてほしいことがあるから、あとでまた電話する】とも送ったから。ね？」
　　その子の声に頷くもう１人の女の子。
「私たちの目の前で、今ここで、葵くんに"別れてください"って電話しな」
　　……うっかり、忘れていた。
　　強引に持たされたスマホは、葵くんに電話をかけている状態。
　　ゆっくりとそれを耳に当てる。
　　……私は、クラスの端っこにいるような地味子。
　　葵くんとは住む世界が違うし、葵くんの隣は私の場所じゃない。
　　こんななんの取り柄もなくて、かわいくもない子が、葵くんの彼女って……。
　　そんなこと、あっちゃいけないかった。
《もしもし、華子？　今どこにいんの？》
「あ……」
　　葵くんの声を聞いたら、思わず目に涙がたまった。
　　あ、あは、なんでだろう……。
「……早く」
　　リーダー格の子の低い声に、ビクッと肩が揺れる。
「……あの、葵くん」
《……ん？》
　　……あ、どうしよう。今すぐく涙がこぼれそう。

だって葵くんの声が優しいから。
　　最近は意地悪ばっかりだったのに。不機嫌だったのに。
　　別れよう、って言わなきゃ。
　　言ったほうがいい。
　　だって釣り合ってないもん。
　　女避けのための彼女だとしても、私じゃないもっと美人でかわいい子にするべきだよ。
　　ほら、早く。
　　早く、言え、私。
「……っ、あの、ね」
《……》
「……葵くんと、……別れたい……」
　　屋上で初めて一緒に昼休みを過ごした時。
　　急に膝を貸してって言うからビックリした。
　　初めて手をつないで帰った時。
　　せっかく私からつなごうとしたのにそれを避けたこと、まだ忘れてないよ？
『私が葵くんのこと守ってあげるよ……!?』
　　こう言った時。
　　葵くんがうれしそうにするから、私までうれしくなった。
《……本当は？》
　　一緒にいたのは、たったの1ヶ月。
　　葵くんが本当は優しいってことしか、私知らない。
　　……葵くんのこと、もっとたくさん知りたい。
「……っ」

《華子……》
　私、まだ、葵くんの隣にいたい。
「……っ、わ、かれたくない……っ」
「なっ!?」
　わかっている。
　身のほど知らずだってわかっている。でも、ごめん、やっぱり一緒にいたい。
　だって知っちゃったんだもん。
　葵くんの本当に優しい姿、見ちゃったんだもん。
《ん、いい子》
　フッ、と電話越しで葵くんが笑った気がした。
「アンタ、なに考えてんの!?」
「きゃっ」
　また胸ぐらを掴まれて、その子の右手が上がる。
　叩かれる……！
　そう思って目をギュッと閉じた瞬間。
「……こんなとこで何してるの？」
　聞き慣れた声が耳に届いた。
　おそるおそる、まぶたを開ける。
　……来てくれないと思った。
　よく、ここにいるってわかったね、
「葵くん……っ」
　たまっていた涙が、その拍子に流れ落ちた。
　私を囲んでいた子たちの顔が、サーッと青くなっていく。
「……ち、違うの！　私たちは何も……」

慌てる女の子たちに、葵くんは「そっか」って笑いながら言った。
　笑顔の葵くんに、ホッと安心する女の子5人組。
「……じゃあ、ちょっとそこどいてもらってもいいかな？」
「あっ、う、うん！」
　私はといえば、葵くんが来てくれて安心したのか、足の力が入らなくなっていた。
「……大丈夫？」
「……葵くんが」
「何？」
　顔を覗き込む葵くんは、首をかしげて続きを待つ。
「葵くんが、来てくれた……」
　その言葉にパチパチと瞬きを繰り返して、それから小さく笑って、そっとほっぺに手を添えて……。
　「田中さんってどうしようもないバカだね」って。
「……田中さんは、特別」
　髪の毛が乱れている。
　走ってきたのかな、少し体が熱いね。
　こんな私に、ここまでしてくれるなんて、葵くんって本当に優しい人。
「あの、葵くん。どうして田中さんと付き合ってるの？」
「どうしてって、好きだからだよ？」
　クルリと振り返って言った葵くんに少し目を見開いた。
『好きだから』
　葵くんはそう言ったけど、きっとそれは嘘。

だって私は、葵くんの女避けのための彼女だもん。
　そこに恋愛感情はないはずなんだ。
　……なのに、私の心臓はドキドキしていて……。
「っでも、今まで仲よくなんかなかったよね？　学校で話しているところも見たことなかったよ？」
　リーダー格の女の子が私を見ながら悔しそうに言うから、私の肩が無意識にビクッと上がった。
「……まぁ、ね」
「じゃあ、なんでっ！」
「俺は……」
　そこまで言うと、チラッと私を見た葵くん。
「……俺は、田中さんのことをずっと前から知ってたから」
　そしてそう続けると、フッと小さく笑った。
　その笑顔はいつもの作り笑顔じゃなかった。
　……ずっと前から……？
　ねぇ葵くん、それもカモフラージュのための嘘？
「でも、よかった」
「……え？」
　困惑したように眉を寄せる女の子たち。
「俺の知らないところで、田中さんがいじめられるのかと思ったからさ」
「っ、そんなこと……」
「うん、あるわけないよね」
　そして、「疑っちゃってごめんね」と申し訳なさそうに続けた葵くん。

そんな葵くんに、女の子たちは気まずそうに顔を見合わせる。
「田中さんに何かあったら、さすがの俺も怒っちゃうかもしれないし……」
　葵くんは今、いつもの爽やかな作り笑顔を浮かべているんだと思う。
「あ、何か言うことある？」
　葵くんの圧力に、女の子たちはブンブンと首を振った。

　それから、誰もいなくなった路地裏で、はぁー、と長いため息をついた。
「……バーカ」
「う……」
　ほら、と手を差し伸べてくれる。
　葵くんの力を借りて立ち上がった私。
「……本当に何もされてねぇの？」
　ギュッと手を握ったままそう聞く葵くんに、私はコクリと頷いた。
　葵くんが、来てくれた。
　葵くんと離れたくないって思った。
「……ごめん」
　葵くんのことをもっと知りたいと思った。
「こうなったの俺のせい」
「え？」
「……彼女のフリするのやめてもいいよ」

小さくそう言った葵くんに、すぐに首を振る。
　謝るのは私のほう。
　ごめん、葵くん。
「……ううん、いいの」
　好きに、なってしまった。
　好きだって、自覚してしまった。
「……華子って、やっぱりマゾだよね」
　パチパチと瞬きをしてからクスッと笑う葵くん。
「ケガしてねぇならよかった」
「……ここまで来てくれてありがとう」
　私に学校を休まれたら困るっていう理由だとしても、うれしいな。
「そーだよ。俺かなり頑張ったんだけど」
　汗かいたし。
　なんて、そう言った葵くんの顔はニヤニヤしていて。
　い、意地悪な葵くんの登場だ……。
「え、っと……？」
「何かしてくれてもいーんじゃない？」
「えっ！」
　ね？　そう言ってニッコリと笑う。
「華子にお願いがあるんだけど」

Chapter III

この気持ちは何かな

「陽菜ぁ！　かましたれー!!」
　同じクラスの女の子の声。
　それを合図に、バッターボックスにいる陽菜ちゃんがバットを思いっきりよく振った。
　カキンという音を出しながら、白いボールが遠くに飛んでいく。
「す、すごい……」
　グラウンドを囲んでいるフェンスに手をかけながらゴクリと唾を飲み込む。
　ピピーッというホイッスルの音。
　これで試合は終了。
「すごいよ！　陽菜！」
　球技大会当日。
　私のクラスの女子ソフトボールは、なんと、
「あっ、華子！　ちゃんと見てた!?」
　見事優勝した……！
　ブンブン手を振る陽菜ちゃんに何回も頷く。
　さすがソフト部のキャプテン……!!
「うへー……ソフトボールは優勝したのに女子のバスケは惨敗って……」
　一緒に見ていた同じバスケのチームの子の言葉に、私は苦笑いをこぼした。

「ぜ、絶対に私のせいだよね……」
「ちょっ、なに言ってんの！　田中ちゃんは一生懸命頑張ってたじゃん！」
　私たち女子バスケは、２試合目で運悪く３年生のチームと当たって負けてしまった。
　わ、私、何回もパスカットされたし、ただ走っているだけだったよ……。
「練習時間が少なかったのに、あれだけ上達したのはすごいと思うよ！」
　パシンッと背中を叩いてニッと笑う。
　うう、どうしてスポーツ万能の人ってこんなに優しいんだろう……!?
「それに、男子バスケは決勝まで残ったじゃん！」
「あっ」
　そ、そっか。
　陽菜ちゃんの試合に夢中で忘れてたよ……っ。
「うちはドッジボールの試合を見るけど……田中ちゃんはバスケ見に行くんでしょ？」
「うんっ、今まで付き合ってくれてありがとう」
　手を振って、体育館の入り口のほうに向かう。
　陽菜ちゃんとは、ここで待ち合わせ。
　それにしても、男子バスケ……決勝だなんてすごい。
　葵くんと、あと大野くんが出てるよね？
「王子様２人も見られるなんて、こんな贅沢ないよね！」
「私、家からカメラ持ってきちゃったもん！」

そう言いながら体育館の中に入っていく女の子2人組。
　体育着の色が違うから……1年生だ。
　2人の王子様って、考えなくてもわかる。
　葵くんと、大野くん。
『華子にお願いがあるんだけど』
　昨日のことを思い出してボンッと顔が赤くなった。
　怖い思いをしたけど、自分の気持ちを自覚した。
　……陽菜ちゃんに早く言いたいな……。
「ちょっと華子、そんな顔を赤くしてどうしたの？」
「っ、わ!?」
　ひ、ひひひ、陽菜ちゃん！　いつの間に!?
　私の隣に立って首をかしげている陽菜ちゃんに、アワアワとする。
　ちょ、ちょっとまだ心の準備ができてないよ……!!
「ほらっ、バスケの試合見るんでしょ？　三河と大野いるし、混む前に早く行こ！」
「あっ、うん……！」
　陽菜ちゃんに引っ張られるようにして体育館の中へ。
　中に入った瞬間、私と陽菜ちゃんは驚きで目を見開く。
「……ここはアイドルのライブか何かですか華子さん」
「え、えーっと、バスケの試合会場だと思います……」
　……それもそのはず。
　2階観覧席には女子、女子、女子……！
　キャーキャー黄色い声を上げている女の子たちでいっぱいだよ……!?

「うへぇ……どーする、華子。見るのやめとく?」
　さすがは人気者の葵くんに大野くんだ。
　……でも、私だって応援したい理由があるんだもん。
『華子にお願いがあるんだけど』
「陽菜ちゃん、あそこならまだ空いてるよっ」
「えっ、あ、ちょっと!」
　小走りで空いている観覧席へと向かう。
『……明日、俺から目、離さないで』
「華子がこんなに一生懸命になるの、なんか珍しいね」
　席に座って、ニヤニヤと笑う陽菜ちゃんに、うっ、と言葉を詰まらせる。
『他のヤツのこと見たら許さねぇよ?』
　整列をする私たちのクラスのチームと、3年生のチーム。
　葵くんの姿を見つけて少しだけうれしくなった。
　陽菜ちゃん、あのね、
「……あのね、私、葵くんのこと好きになっちゃったの」
「……えぇっ!?」
　陽菜ちゃんの大きな声と同時に、ホイッスルが鳴った。
　昨日、葵くんに助けてもらったことで、自分の気持ちに気づいた。
　葵くんに対してドキドキするのは、葵くんが私をからかって、いろいろなことをしてくるからだけじゃない。
　小さく笑う顔、少し不器用なところも、優しいところも。
　素敵だなぁ、って、思った。
　相手チームがシュートを決める。

さすが3年生ってこともあって、なかなか私たちのクラスのチームが点を入れられない。
「えっと、それじゃあ華子は、三河に告白するの？」
「へ!?」
　告白？　私が？
　ムリだよっ、そんなのできるわけないよ、陽菜ちゃん！
「想ってるだけでいいの……！　今は一緒にいられる時間もあるし、十分だよ」
　葵くんが敵チームのドリブルをカットした。
　すごい……上手だ。
　それを大野くんにパスすると、華麗なフォームで彼がシュートを決める。
　その瞬間、響き渡る女の子たちの歓声……。
　さすが人気者の王子様。
「じゃあ、好きって言わないのかぁー……」
「このタイミングで言ったら、私たちの関係が終わっちゃうかもしれないから」
　まぁ、あと2ヶ月で終わりなんだけどね。
　でも、それまではこのままでいたいんだ。
　好きって言ったら、嫌われるかもしれないし……。
"お前もまわりの女と一緒なんだな"
　なんてことも言われそうだし。
「葵くんの彼女役が終わったら、私の気持ちも封印するよ」
　もともと住む世界が違うんだもん。
　これでいいんだ。

「涼平！　頑張れー!!」
「きゃーっ、葵くーんっ!!」
　大きな歓声の中で「そっか」と呟く陽菜ちゃんに笑ってみせる。
　陽菜ちゃんにいちばんに報告したかったんだぁ。
「……ほらっ、華子も応援しなよ！　せっかく好きな人の活躍が見れるんだし！」
「うん！」
　葵くん、頑張れ！
　これでもかってくらいの大きな声。
　こんなに大きな声を出すのは久しぶりだ。
　届いているかな？
　……届いているといいな。
「……あ」
　そう思った時、葵くんと目が合った。
　汗をかいていて、たくさん走ったせいで苦しそう。
　ギュッと手のひらを握りしめる。
　頑張って……頑張れ、葵くん。
「頑張って!!」
　そう叫んだ瞬間、葵くんが小さく笑った気がした。
　試合終了まであと３分。点数はまだ敵チームに追いつけていない。
　同じクラスで運動神経抜群の男子がシュートを決めた。
　これで、同点！
　無意識にギュッと両手を胸の前で握りしめる。

３年生チームのドリブルを、大野くんがカットした。残り時間はあと数十秒。
「三河！」
　葵くんの名前を呼んで、パスを出す。
　──ビーッ。
　タイマーの試合終了の音と同時に葵くんがシュートを決めた。
　陽菜ちゃんと顔を見合わせる。
「か、勝った……？」
　得点表を見ると、私たちのクラスのほうが点が高かった。
　ワッと盛り上がる体育館。
　ホッとする私。
　葵くんたち、勝ったんだ。
　すごいなぁ、葵くんなんでもできるんだ。
　……カッコいいなぁ。
　そう思った瞬間、陽菜ちゃんにパシンと背中を叩かれた。
「華子！　これっ」
「え？」
　いきなり陽菜ちゃんに渡されたタオルを見る。
　えっと、これは……？
「三河、すごい汗かいてるじゃん！　渡してきな！」
　私のだけど、まだ使ってないから！
　そう言ってニカッと笑う陽菜ちゃんに、ビックリした。
「で、でも……」
「親友の恋を応援したいの！　ほら、早く！　教室で待っ

てるからさっ」
　背中を押されて、私は大きく頷く。
「ありがとう！」
　タオルをギュッと握り、急いで葵くんのところへ。
　だけど。
「葵く……」
「葵くん！　お疲れ様！」
　名前を呼び終わる前にドンと肩にぶつかったのは、たくさんの葵くんのファンの女子たち。
　忘れてた……葵くんは人気者の爽やか王子様。
「はい、これタオル！　よかったら使って」
「ありがとう。助かるよ」
　疲れてるだろうに、爽やかな笑顔を浮かべる葵くん。
　女の子たちに囲まれる葵くんを、遠くのほうでしか見れない私。
　せっかく陽菜ちゃんがタオルくれたのにな……。
　でも、しょうがないよね。
　帰り道にお疲れ様って言おう。
「華子ちゃーん」
「へ？」
　ふいに名前を呼ばれて、体育館から出ようとしていた足を止める。
　声のしたほうを見れば、大野くんがいた。
「やっほー。俺の活躍、見てくれた？」
　キラキラスマイルの大野くんに苦笑いの私。

相変わらずモテるんだな……。
　だって、大野くんの両隣には女の子がピッタリくっついてるんだもん。
　仲よさげに腕も組んでいるし。
「涼平、この子なんか放っといてあっちいこーよ！」
「そうだよ。ジュース奢るって言ったじゃん！」
　キッと私を睨む２人に、ヒッと声をもらす。
　もう女の子から恨みを買うのはごめんだよ……!?
「あー、ちょっと先に行っててよ。俺もすぐ行く」
　あとでめいいっぱい甘やかしてあげるからさ、なんて続けた大野くんにポカンとした。
　女の子２人組がいなくなってから、ニヤニヤし始める大野くん。
　えっと、何かな……？
「三河んとこ行きたいけど、諦めようとしてるんでしょ」
「えっ」
「しょうがないよね……とか思ってた？」
「エ、エスパー……？」
　大野くんって、やっぱり鋭い人だ。
　いまだに女の子たちに囲まれている葵くんを見る。
「このタオル、渡してあげたいなって思ってたの」
　でも、他の子からもらってたし、あんな状態じゃ近づけないもん。
「ふーん……」
　健気だねぇ、なんてそう呟いた大野くん。

「まさか好きになっちゃった？」
「え!?」
「……あっは、動揺しすぎ。相変わらず素直だねー」
　その反応を見て、ぼぼぼっと顔が熱くなった。
　も、もうっ！
　顔に出すぎなんだ、私は!!
「じゃあ、とりあえず俺に任せてみ？」
「え？」
　大野くんの意味深な言葉に、頭の中の警報が鳴った。
　慌てて彼から距離を置こうとするけど時すでに遅し。
「ちょっ、と……！　大野くん！」
　状況が理解できてないよ!?
　どういうこと？
　どうしてこんなに近づく必要があるの!?
　大野くんの腕が、私の首にまわっている。
　コツンとおでこをくっつけたまま動こうとしない。
「汗くさいかもしれないけど、許して？」
「そういう問題じゃないのっ」
　体育館にはまだ人がいるんだよ？
　こんなところを見られたら……。
「え？　ねぇ、あれ見て」
「涼平と……えっ、あれって葵くんの彼女だよね!?」
　だんだんと視線が集まってきているのを感じる。
　こ、これは非常にまずい……っ。
　大野くんから離れようと身をよじると、クスクス笑う声

が耳元で聞こえた。
「いいの？　三河のこと、今ここでバラしちゃうよ」
　それが嫌だったら大人しくしてな。
　そう続けられたら、悔しいけど何もできなくなる。
　……もうっ、どうしてこんなことするの……。
「大丈夫。取って食おうだなんて思ってないからさ」
　なんて笑顔で言われても説得力がないよ、大野くん。
　こんなところ、葵くんに見られたら……って考えるだけで背筋が凍る。
　女の子たちの反感だって買いたくないのに。
「そろそろ、かな」
「え……」
　大野くんの呟きに眉をひそめた時、いきなりグイッと誰かに肩を引き寄せられた。
　ふわりと香る石けんの匂い。
「……何してるの？」
　この低い声。
　振り向かなくてもわかる。
　ていうか、今は振り向きたくない……っ！
「んー、別に？　華子ちゃんが熱っぽいっていうから測ってみてただけ」
　ケロッと嘘なんかついちゃって！
　私、そんなこと言った覚えないよ!?
「だとしても、人の彼女にむやみに近づくのやめてくれないかな」

私たちに注目している人がたくさんいるから、爽やか王子様のマスクを被っている葵くん。
　だけど、あの、黒いオーラが漂っているよ……？
　ニッコリ笑っているけど怖いよ、葵くんっ。
「えー？　その彼女を放っといて、他の女たちにちやほやされてたのは誰だっけ？」
「……」
「ちゃんと手が届く範囲に置いとかないとさ、取られちゃうかもよ？　どっかの誰かに」
　コテンと首をかしげて笑う大野くん。
　チラッと葵くんを見上げると、ものすごく怖い顔で睨んでいた。
　ヤ、ヤバイ……。
　めちゃくちゃ怒っている！
「……なーんて、ね。あは、冗談冗談！　じゃあ俺、女の子たち待たせてるから行くわ」
　パッと両手を上げて、じゃあね、なんて手を振りながら私たちの横を通りすぎる。
「……所詮はニセ物の彼氏だろ？」
　葵くんの耳元で、大野くんがそう呟いたのが聞こえた。
　その言葉が、胸にズシリと響く。
「田中さん」
「えっ、あ、はい！」
　野次馬が少なくなってきたところで、私の名前を呼んだ葵くん。

ふ、振り向くのが怖いな。
「……ちょっとこっち来て」
「うわっ！」
　葵くんはいきなり私の腕を引っ張って、体育館を出て校舎の中へ。

　廊下には、もう制服に着替え終わった生徒もちらほらいた。葵くんが立ち止まったのは廊下から死角になっている階段の下。
　ゴクリと唾を飲み込む。
　な、なんだか悪い予感がするのは気のせい？
「葵くん……？」
　静かに名前を呼ぶと、ムスッと不機嫌顔になる。
「バァーカ」
「えっ！」
　掴んでいた腕を離して、ため息をついた葵くん。
「無防備すぎなんだよ、華子は」
「そ、そんなことは……」
「あるね。なに勝手に大野に触られてんの」
　うぐっ、と言葉に詰まる。
　たしかにそうだけど！　でも、あれはいきなりだったし、しょうがなかったんだよ？
「……俺のことだけ見てっつったじゃん」
　私の首筋にそっと触れて、小さく呟いた葵くんに、キュンと胸が鳴る。

ふ、不意打ち……。
　持っていたタオルをギュッと握りしめた。
　心臓がバクバクと暴れ始める。
「……葵くんのことしか見てなかったよ」
「嘘つき」
「本当だよっ」
　最初から葵くんのことしか見てなかった。
　バッとタオルを葵くんに渡す。
「試合、お疲れ様。その、カッコよかった……です」
　こういうことを言うのは恥ずかしいから、小さな声になってしまったけど、聞こえたかな？
　そろーっと顔を上げてみる。
　そうしたら、いきなりクシャッと頭を撫でられた。
「え!?　どうしたの？」
「ダメ。今、顔上げんな」
　撫でてくれるのはうれしいけど、そんなこと言われたら気になるよ……。
「……意地悪してやろーと思ったのに」
「え？」
「華子のくせに生意気だから」
　い、言ってる意味がわからないよっ。
　なんとかして少し顔を上げて葵くんを見た。
　横を向いている不機嫌顔は相変わらず。
　だけど、少しだけ顔が赤いような……？
「はぁーー……華子」

「な、何?」
「これ以上かわいいこと言うの禁止ね」
「え!?」
　葵くん、その反応は、照れているということでいいのでしょうか。

俺のこと好きじゃないよね

「いやいや、その反応は絶対照れてたって！」
「陽菜ちゃん！　声が大きいっ……」
「大丈夫だって！　聞こえてないよ！」
　楽しそうに歌って盛り上がるクラスメイトのみんな。
　大きな音楽が部屋いっぱいに流れている。
　たしかにこれだったら聞こえないかも、とホッと胸を撫で下ろした。
　球技大会の打ち上げでカラオケに行くことになった。
　普段あんまり行かないけど、陽菜ちゃんに引っ張られるようにしてついてきた。
　葵くんもいるみたいだし……。
　男友達と話している葵くんをチラッと見る。
「このままいけば、アイツの本当の彼女になるのも夢じゃないんじゃない？」
　ジュースを飲みながらニヤニヤと笑う陽菜ちゃん。
　もう、からかうのはやめてよっ。
　……あ、そうだ！
「タオル、貸してくれてありがとう！　洗って返すね」
「どういたしまして！　貴重な三河の照れ顔が見られてよかったね」
　ポンと背中を叩いてくるから、思わず私も小さく笑う。
「陽菜っ！　ちょっとこっち来てー！」

同じクラスのソフト部の女の子に、陽菜ちゃんが呼ばれたのはその時だ。
　　ちょっと行ってくる！　そう行って立ち上がる。
『ダメ。今、顔上げんな』
　　……葵くんの照れた顔、かわいかったな。
　　ふふっと笑う。
　　でも、いいことが起こるたびに欲張りになっていきそうでちょっと怖いや。
　　この関係を壊さないように。
　　私は、葵くんのことを想ってるだけでいい。
　　よし、と頷いて空いたグラスを持って部屋の外へ。
　　ドリンクコーナーでジュースを注ぐ。
　　部屋の中は少し暑かったけど、ここは涼しくて気持ちいいな。
「……ひゃっ!?」
　　いきなり冷たいものがほっぺたに当たった。
　　バッと横を見ると、クスクス意地悪く笑う葵くんがいるわけで。
　　その手には空いたグラスが。
　　いきなり何するの……ううん、そんなことより。
　　へ、変な声、聞かれた……！
「本当、面白い反応するよね。ビックリしすぎ」
「だ、だって……！」
　　まさか葵くんが来るとは思わなかったし！
　　仕方なかったんだよ？

「……髪、結ばねぇの？」
「へ」
　コトンとグラスをカウンターの上に置いて、するっと私の髪をすくう。
　その仕草がなんだか色っぽくて。
　しかも突然のことだったから思わず目を丸くした。
　顔を覗き込んでくるから距離も近いし……。
「あ、葵くんが」
「俺が？」
　葵くんは、私の好きな人だもん。
　こんなことをされたらどうしたってドキドキしちゃうでしょう？
　せっかく涼んでいたのに。
　顔が熱くなっていくのがわかる。
「……葵くんが、結んでないほうが好きって……」
　小さくそう言った。
　恥ずかしくて顔をそらす。
「ふーん？」
　長い髪を耳にかけて、フッと小さく笑った。
「……いい子じゃん」
「こ、子ども扱いやめてってば」
　やっと私から離れた葵くんに、はぁーと息をついた。
　本当にこの人といると心臓がもたないよ……。
　さっきは照れていたくせに。
　あっという間に、いつもの葵くんに戻ってしまった。

「あのさぁ、華子……」
　ピッとアイスティーのボタンを押しながら横目で私を見てくる葵くん。
　そんな彼に首をかしげた。
　どうしたのかな？
「一応聞くけど……俺のこと好きになってないよね」
　その言葉に、一瞬息が止まる。
　ど、どうして急に……？
　ううん、そんなことはどうでもいい。
　今は、どう返せばいいのか考えなきゃっ。
　だってもし私の気持ちがバレたら、葵くんとの関係は終わっちゃうから。
　ゴクリと唾を飲み込んだ。
「葵くんは、友達だよ……？」
　ジッと私を見るその黒い瞳には、困った顔の私が映っていた。
　本当に、顔に出やすいよ、私っ。
　バレないか心配だ。
「ふーん」
「……うん」
　ドキドキ、と心臓が嫌な音を立てる。
　本当は好きなんだけどな……。
　自分の気持ちに嘘をつかなくちゃいけないのは、少し、寂しい。
「それならいーんだけど。……好きになられても困るから」

そう呟いた言葉が、グサリと刺さる。
　……うん、そうだよね。
「大丈夫だよっ。私なんかが葵くんのことを好きになるなんて……生意気なことだもん」
　あはは、と笑う。
　どうか上手く笑えていますように。
「……じゃあ俺、先に戻るから」
「うん！」
　葵くんの背中が見えなくなってから、きゅっと唇を結び俯いた。
　……よかった。
　これで変な期待をすることもなくなるし、欲張ることもなくなる、よね？
「……ちょっと、辛いなぁ」
　葵くん。
　作り笑顔って、結構大変なんだね。

俺は優しくないよ？

【大野side】
「それならいーんだけど。……好きになられても困るから」
　三河がそう言ったのを聞いて、あーあって思った。
「大丈夫だよっ。私なんかが葵くんのことを好きになるなんて……生意気なことだもん」
　華子ちゃんの、あの顔。
　ちゃんと笑えてないの、自分でもわかってる？
　本当に、バカだよね、あの子。
　ドリンクコーナーから死角になっている角の階段。
　そこから２人の様子を見ながら、呆れてため息をつく。
《ちょっとー、涼平？　聞いてる？》
「あ、ごめんごめーん。聞いてるって」
　スマホを耳に当て直す。
　相手は３年の美人な先輩。
　電話がかかってきたから、こうやって部屋から出て話してたんだけど。
　三河と華子ちゃんの話し声に気を取られてさぁ、うっかり忘れてた。
「打ち上げ終わったら夜は空いてるからさ。いつでも俺んとこ来て？」
《うん！　そのつもり》
　うれしそうな声。

単純だなぁ、って思う。
　電話を切って、そっと華子ちゃんがいるほうを見てみた。
　……まだいるし。
　グラス持ったまま放心状態？
『まさか好きになっちゃった？』
『え!?』
　真っ赤になっちゃって、わかりやすかったなぁ、あの時の華子ちゃんは。
　でもさぁ、無駄だと思わない？
　だって、どうせ女避けのための道具だとしか思われてないよ？
「葵くん、バスケで大活躍してたね！」
「ね！　超カッコよかった!!」
「それなのに、彼女が田中さんって……なんかもったいないよね」
　空いたグラスを持って、ドリンクコーナーに向かっているクラスメイトの女子２人。
　うっわ……。
　近くに華子ちゃんいるって気づいてないわけ？
「同感。田中さんじゃなくても、もっと他にかわいい子はいるのに」
「あっ、ちょっとストップ！」
「え？　……あ」
　立ち尽くす華子ちゃんに気づいた２人は、その場で固まってしまった。

華子ちゃんも華子ちゃんで気まずそう。
　　……あー、もうっ。
「……ねぇ、このドリンクバーの機械、ちょっと故障してるみたい」
　　なんで俺がこんなこと……。
　　そんなことを思いながら心の中でため息をつく。
　　それから、華子ちゃんの肩をポンと叩いた。
「お、大野くん？　どこから来て……」
「そんなことはいーからいーから」
　　すぐ近くの階段で盗み聞きしてた、なんて言えないしね。
「今、店員さんを呼んでるからさ、下の階のドリンクバーで飲み物を取ってきなよ」
　　最後に「ね？」とニッコリ笑顔を浮かべて首をかしげると、2人の顔はボンッと赤くなる。
「そ、そうなんだ！」
「じゃあ、私たちは下に行くよ！」
　　逃げるように階段を下りていく2人の背中を見ながら、俺は「はぁ」と、ため息をついた。

「あの、大野くん」
　　小さく俺の名前を呼ぶ声。
　　ニッコリと笑って「ん？」と首をかしげる。
「もしかして、私と葵くんの会話、聞いてた……？」
　　そう聞いてきた華子ちゃんは、眉を寄せてまるで俺のこと疑っているみたい。

まぁ、別に隠す必要もないか……。
　そう思った俺は、コクリと頷いた。
「そっか……」
　恥ずかしそうに俯く華子ちゃんに、俺は心の中でため息をつく。
「葵くん、私に好きになられても困るんだって」
「……みたいだね」
「たいしてかわいくもないし、頭もよくないし、運動オンチだし、いいところなんてないし……」
「……」
「そりゃ、こんな子に好きになられても困るよね」
　……女なんて、みんなこうだ。すぐネガティブに考える。
　それなのに、『じゃあ、あんなヤツのこと好きになるのやめなよ』って言っても、言うことなんか聞かない。
「……でもね」
　黒くて長い髪を耳にかけながら、華子ちゃんは困ったように笑った。
「……え？」
　その笑顔に、一瞬、見とれてしまった。
「私みたいな子は、葵くんとは釣り合わないってわかってるの」
「……」
「わかってるけど、だからって"好き"って気持ちがなくなるわけじゃなくて……」
「……」

……どうして華子ちゃんは、こうなんだ。
「それでも葵くんのこと、好きなんだぁ……」
　三河のことを考える華子ちゃんから目をそらした。
「アイツは華子ちゃんのこと、ただの女避けとしか思ってないのに？」
　俺の言葉に、眉を八の字にして泣きそうな顔をする華子ちゃん。
「……そんなこと、わかってるよ」
「それなのに、なんでそんなふうにアイツのことを想えるわけ？」
「大野くんには、私の気持ちなんてわからないよ」
　俺はギュッと手のひらを握りしめた。
　……無性にイライラする。
「……ありがとう」
「は？」
　予想もしてなかった言葉に、目を見開いた。
「さっき、私たちが気まずくならないようにフォローしてくれてたでしょ？」
　ほんの数分前のことを思い出す。
「大野くんが来てくれたから助かったよ」
　そう言いながら、困ったように華子ちゃんは笑う。
　俺はその笑顔を見て、再び心の中で「はぁ」とため息をついた。
「いーよ、別に」
　……恋とか愛とか。

友情とか絆（きずな）とか。
　華子ちゃんって、そういうの信じるタイプだよね、絶対。
「大野くんって、優しいよね」
「えー、俺が？　なんの冗談？」
　困っている人を放っておけなくて、お人好しで、自分に自信がない。
「華子ちゃんって困ってる人、放っておけないでしょ？」
　だから三河に利用されんだよ。
「じょ、冗談じゃないよっ。本当に優しいって思ってるもん」
　いいように振り回されて、揚げ句の果てにはそんな三河を好きになったって……。
　バカだよね、本当に。
　相手にされないに決まってるのに。
「葵くんの秘密も、私が本物の彼女じゃないっていうことも、誰にも言わないでいてくれてるでしょう？」
「……」
「さっきも、助けてくれたし」
　優しいよ、大野くんは。
　そう言って、小さく微笑む。
「っ」
　……やっぱり華子ちゃんは、三河のことばっかり。
「……バカだなぁ、華子ちゃんは」
　女の子は、普通に好き。
　かわいいし、柔らかいし、単純だから。
　甘い言葉でコロッと落ちてくれるし。

……でも、バカな女は、嫌い。
「っ、いた」
「え!?　どうしたの？」
　三河なんて、絶対やめたほうがいい。
　叶うわけないって、ちゃんとわかってるんでしょ？
　なのにどうして、それでも好きって思っちゃうかなぁ。
「や、なんか、目にゴミが入ったみたい」
「大丈夫？　痛いよね……」
　目元を押さえる俺を、心配そうに見つめる。
　お人好しにもほどがあるって。
「……ごめん、目に何か入ってないか見てくれる？」
「うん、わかった」
　グラスをカウンターの上に置いて、そっと俺の顔を覗く。
　……本っ当に、バカだね。
　華子ちゃんにバスケを教えようとしたのも、ちょっかいをかけたのも、三河にタオルを渡す手伝いをしたのも、"あの"王子様のニセ物の彼女が、俺のことを好きになったらどんなふうになるんだろうっていう、ただの興味本位からしたことだよ。
「……何も入ってないみたいだよ？」
　なのに、華子ちゃんは全然、俺のことなんか気にしてくれないんだね。
　恋とか愛とか。
　友情とか絆とか。
　俺は信じていない。

「あの、大野くん？」
「……華子ちゃん、俺さぁ、優しい男じゃないよ？」
　だから、そーいうのを信じてるタイプの華子ちゃんのことを、三河ばっかりの華子ちゃんのことを、めちゃくちゃに壊してやりたくなるんだよね。
「え……？」
　戸惑っている華子ちゃんに、俺はそっとキスをした。
「……叶わない恋なんてやめれば？」
　どうして三河のことを好きになるんだよ。
　華子ちゃんを見ると、すっげーイライラするんだ。

葵くんに合わせる顔がない

　——ピピピッ。
　スマホのアラームの音で、目が覚めた。
『……華子ちゃん、俺さぁ、優しい男じゃないよ？』
『……叶わない恋なんてやめれば？』
　ベッドから起き上がると、昨日のことがよみがえった。
　夢じゃない……。
　制服に着替えながら、どうしよう、と呟く。
　本当にどうしよう。
　私、大野くんと、キ……キス……してしまった……。
　寝たら全部夢だった、っていう落ちじゃなかった。
『陽菜ちゃん、ごめん、私、先に帰るっ』
『えっ、どうしたの？』
『……おなか、痛くて』
　キスされたことで頭の中真っ白になって、昨日は陽菜ちゃんに嘘をついてまで帰ってきちゃったよ。
　どうして、大野くんは急に私にキスしてきたの？
　私のこと好き……とかじゃないよね。それは絶対ないや。
　大野くんはチャラチャラしているから、あれは挨拶程度のキス？
　でもでもっ、そんなことする流れじゃなかったし！
「行ってきます……」
「あらっ、もう行くの？　ごはんは？」

「食欲ないや。ごめんね」
　お母さんにそう言って、身支度を整えて、いつもより早めに家を出た。
『……叶わない恋なんてやめれば？』
　どうして、大野くんにあんなことを言われなきゃいけないの？
　私が誰を好きになろうが、それは私の自由でしょう？
　そんなことを考えながら電車に乗って、学校までの通学路を歩いていく。
　……あ。
　少し前にいる黒髪の男子生徒。
　後ろ姿を見ただけでわかったよ。
「葵くん……」
　小さく呟いた。
　なんだか、葵くんに会うのは少し気まずいなぁ。
『……好きになられても困るから』
　あんなことを言われてしまったし、何より、大野くんにキスされちゃったし。
　私の好きな人は葵くんなのに。
　クラスメイトだと思っていた男子からキスをされてしまった。
　か、勝手だけど罪悪感っていうものがあるよ……。
　それに、ファーストキスだったのに。
「……わっ」
　俯いたまま歩いていたせいで、前にいた誰かにぶつかっ

てしまった。
　慌てて謝ろうと上を向くと、
「うわっ、あ、葵くん!?」
「"うわっ"てなんだよ。ケンカ売ってんの？」
　ムッとしている葵くんがいるわけで。
「な、なんでもないっ。ごめんなさい……」
　ギュッとスクールバッグを握りしめる。
　……初めてのキスは、好きな人としたかったなぁ……。
　こんなことを考えると、なぜだか泣きそうになった。
　あぁ、もうっ。私って面倒くさい。
「えっと、じゃあ……」
「はぁ？　なんで先に行こうとすんだよ」
「えっ」
　葵くんの横を通りすぎようとすると、パシッと腕を掴まれた。
「一緒に行けばいーじゃん」
　グイッと私のことを引っ張りながら学校へと向かう。
　うれしい、んだけど、ね。
「置いてくなよ、俺のこと」
　そんなこと言われたらドキドキしちゃうから。
『……好きになられても困るから』
　そう言ったのは葵くんのほうなのに。
　ドキドキさせるようなこと、してくるのはやめてよ。
「じゃ、また昼休みね」
　ついた教室でパッと私の腕を離した葵くん。

なんの躊躇もなく離れたことに切なくなっているのは、たぶん私だけ、なんだよね。

「はぁ……」
　授業と授業の間の休み時間。
　教科書をカバンの中にしまいながらため息をついた。
『華子、お腹痛いの大丈夫？』
　陽菜ちゃんは、朝、座っていた私にすぐに声をかけてくれた。
『う、うんっ』
　でも、やっぱり昨日のことは言えなかったし、また嘘をついてしまったし……。
　……このままじゃ、ダメだよね。
　チラッと隣の席を見る。
「そうだ、先輩、今日って空いてる？」
　誰かに電話をしている大野くん。
　いつもどおりだ。
　私にキスしたの、忘れてないよね？
　ねぇ、どうしてあんなことしたの？
　視線を自分の手元に落として考える。
「俺、暇なんだよね。先輩に会いたいし」
　電話の相手が女子だとしたら、サラッと恥ずかしげもなくそんなことを言える大野くんは、やっぱりチャラ男だ。
　ということは、キスしたのもとくに意味はなかった？
　……いやいやっ、でも、人としてやっていいことと悪い

ことがある。
「なんかあったの？」
「えっ」
　その声にハッとする。
　大野くんは、いつの間にか頬杖をついて私のことを見ていた。
　ニヤニヤしている……本当に、いつもどおり。
　ぐるぐる考えたってわからないものはわからない。
　だったらもう、直接聞くしかないよね？
「あの、大野くん」
「何？」
　ギュッと手のひらを握った。
「その、どうして昨日、私にあんなことしたの……？」
　まわりに聞かれないように小さな声でそう聞く。
「別に？　たいした意味はないけど」
　ニコッと笑う大野くん。
　たいした意味は、ない？
　でも、だって、私は初めてのキスだったんだよ……!?
「そんなのっ、ひどい……」
「だから言ったじゃん。俺は優しくないよって」
　何も言えないでいる私に、彼はさらに続けた。
「華子ちゃんって無防備なんだよ。男にすぐ気を許すのやめたら？」
「なっ、そんなこと……！」
「あるだろ」

チラッと葵くんを見る大野くん。
「三河に意地悪されても、ちょっと優しくされただけで好きになっちゃったじゃん」
　バカだよねー。
　って、小さく言う。
　ガタッと、私は勢いよく立ち上がった。
　なんで、大野くんにそんなことを言われなくちゃいけないの？
　……どうして、大野くんが不機嫌になるの。
「……私、何か気にさわること、したかな」
「は？」
「大野くんが怒ってる理由が、わかんないよっ……」
　理由もなく、大野くんにキスされた。
　そのことが悔しくて。
　それに、大野くんがどうしてイライラしているのかも、わからなくて。
　ジワッと、なぜか涙がたまっていく。
　耐えられなくなって私は教室を飛び出した。

　廊下を走っている途中で、授業の始まりを知らせるチャイムが鳴る。
　でも、その音を無視して、私は走り続けた。
　足を止めた場所は、保健室。
　泣いてる顔、誰にも見られたくない。
　ここだったら、先生に事情を話せばベッドも貸してくれ

るかな？
　ゆっくりと扉を開けると、保健室独特の匂いがした。
　……誰もいなさそう。
　いちばん奥のベッドに思いっきりよくダイブする。
　授業、サボっちゃったな。
　大野くんとも、さっきので気まずくなっちゃった。
　意地悪を言うけど、なんだかんだいって優しい人だと思っていたのに。
　たいした理由もなく、キスをされた。
　ファーストキスだった。
　……好きな人と、してみたかった。
　……葵くんと。
　ギュッと目をつむる。
　ショックだよ。

ごめんね、は言わない

【大野side】
『……私、何か気にさわること、したかな』
　教室を飛び出した華子ちゃんに、俺は追いかけることもしなかった。
『大野くんが怒ってる理由が、わかんないよっ……』
　そりゃ、あんなこと言われたら、誰だって泣きそうになるよね。
『三河に意地悪されても、ちょっと優しくされただけで好きになっちゃったじゃん』
　なんでお前にそんなこと言われなきゃいけないんだ、って思うに決まっている。
　つい感情のままに言葉をぶつけてしまった。
　……ガキかよ。
　ため息をつく。

　それから教科書も何も入っていないスカスカなリュックを持って、教室を出た。
　そして下駄箱についたところで、授業の始まりを知らせるチャイムが鳴る。
　華子ちゃん、今ごろひとりで泣いてるのかな……。なんて、そんなことを思った時、グイッと乱暴に肩を掴まれた。
「……三河じゃん。何、どうしたの？」

ビックリして振り向くと、怖い顔の三河がいるわけで。
　王子様みたいに優しくて女子から人気だけど、実は腹黒くて口が悪い。
　そんな三河は、華子ちゃんの好きな人。
　改めてそう考えると、ものすごく腹が立って……。
「お前、田中さんに何かした？」
「そんな怖い顔していいの？　みんなの王子様なのに」
「いいから答えろよ」
　低い声。華子ちゃんのことになると、王子様もこんなに必死になるんだな。
　本人が知ったら喜ぶんじゃないの？
「……別に何も？」
「じゃあなんで、お前と話してる途中に教室から出ていったきり戻ってこねぇんだよ」
「あれ、俺らのこと見てたの？　華子ちゃんが俺と仲よくしてるとこ、見たくないんじゃねぇの？」
　思わず、ハッと乾いた笑みがこぼれる。
「今はそんなことどうでもいいだろ」
「どうでもよくないでしょ。俺に嫉妬して華子ちゃんにキスマークつけたくせに」
　そう言うと、キッと鋭く俺を睨む三河。
「……なぁ、三河。お前にとって華子ちゃんってなんなの」
　あの子のこと、どう思ってんだよ。
　俺の質問に目を見開き、それからヤツは眉を寄せた。
　何かを言いかけて、でも結局は何も言わずに俺から顔を

そらした三河は、
「……ただの女避けに決まってる」
　小さな声で言った。
　……ねぇ、華子ちゃん。こんなヤツのどこがいいの？
　華子ちゃんのことなんか、何も考えていないようなヤツなのに。それでも、コイツのことが好きなわけ？
　俺は、ギュッと手のひらを握りしめる。
「……じゃあ、華子ちゃんのこと、慰めてあげなよ」
　俺の言葉に三河はピクリと眉を動かした。
「昨日、華子ちゃんにキスしちゃって。あの子、かなりショックを受けたみたいでさぁ」
「……は？」
　本当は、こんなこと言うつもりはなかった。
　でも、すっげぇ腹が立ったから。
「あ、あと、華子ちゃんって無防備すぎない？　ちゃんとしつけたほうがいいと思うよ」
　さらに、「仮にでも彼氏なんだからさ」と続けて三河に背を向ける。そして、手を振って立ち去ろうとすると、ふいに腕を掴まれた。
「いっ、て！　いきなり何すんだよ！」
　顔をしかめて非難するも、おかまいなしの三河。
「意味わかんないんだけど。なんでキス？」
「……だから、顔が怖いって」
「いいから答えろって！」
　ギュッと腕を掴む手に力が入る。

……なぁ、ただの女避けと思っているのに、どうしてそんなに必死になるんだ？
「……三河に答える必要なくない？」
「……」
「俺に構ってる余裕があるなら、華子ちゃんとこに行けよ」
　ボソッと小声で言うと、三河はチッと舌打ちをした。そして乱暴に俺の腕から手を離すと、スマホを耳に当てた。
　きっと華子ちゃんと電話でもするのだろう。
「……俺だって、自分が訳わかんねーよ」
　三河のことしか見ていない華子ちゃんにムカついて。
　俺のことも見てほしくて。
　……思わず漏れた言葉だった。
　その時、ブブッと俺のスマホが鳴った。
【涼平、まだぁ？】
　受信したメッセージの文字に、はぁ、と心の中でため息をつく。

　学校を出て、先輩のところへと向かった。
　……何やってんだろ、俺。
　俺のことも見てほしいからってキスするとか、マジで子ども。
『意味わかんないんだけど。なんでキス？』
　……俺は、バカじゃねぇから。
　華子ちゃんにムカついている理由が、なんなのか、わかっている。

本当、訳わかんねぇよなぁ。
　……どうして華子ちゃんのこと、好きになっちゃったんだろう。
「涼平！　こっちこっち」
　駅前の広場で、両手を振る先輩。
　それに合わせてとっさに笑顔を作った。
「ごめんね、待ったー？」
「全然！　どこ行く？」
　合コンで知り合った先輩は、スタイルもよくて、かわいくて、ノリがいい。
　俺の好みのタイプって、たしかこんな感じだったのに。
　今はもう、楽しいとか、そういうの感じなくなっちゃったじゃん。
「涼平から誘ってくるなんて珍しいね！　電話が来た時ビックリしちゃった」
「なんか無性に先輩に会いたくなっちゃってさぁ」
　そう言うと、うれしそうに笑う。
　うん、かわいいなって思うよ。
　……でも。
『このタオル、渡してあげたいなって思ってたの』
　球技大会の時のことを思い出した。
　三河を見つめる華子ちゃんは、少しだけ顔を赤くしてて、どこか切なそうで。
『……葵くんが、結んでないほうが好きって……』
　三河と一緒にいる時、うれしそうに顔を緩ませてたっけ。

『私なんかが葵くんのことを好きになるなんて……生意気なことだもん』

だけど、やっぱり悲しそうな表情を見せるから。

放っとけないんだよ、俺は。

俺だったら絶対そんな顔させないのに……って、華子ちゃんのこと全然知らないのに、そんなカッコつけたこと言うなよ。

最初は遊ぼうとしてたくせに。

「……あーあ」

先輩に気づかれないように小さく呟いた。

『そんなのっ、ひどい……』

絶対、嫌われたよなぁ。

「あ、カラオケとか行く？」

「……先輩」

会いたかったよ、先輩に。

いちばん、俺と遊んでくれてたからね。

不思議そうな顔で俺のことを見る先輩に、笑ってみせた。

「俺、もう先輩と遊ぶのやめる」

「……は？」

「それ言いたかっただけだから」

じゃ、と組まれていた腕をスルリと離す。

……ごめんね、とか、絶対言わないよ。

俺にキスされたこと、忘れなければいい。

俺のことだけ考えて、それで、三河のこと好きでいるの、やめちゃえよ、華子ちゃん。

Chapter IV

華子、忘れて

　生まれて初めて、授業を無断で欠席しちゃった。
　保健室のベッドの中、目をギュッとつむりながらそんなことを考えた。
　どうしよう。陽菜ちゃん、絶対に心配しているよね。一応、連絡をしておこう、なんて思ってブレザーのポケットに手を入れて気づいた。
　私、スマホを教室に置きっぱなしだった。
　はぁ、とため息をつく。葵くんは、なんて思っているだろう。
『別に？　たいした意味はないけど』
　大野くんの言葉が頭の中で繰り返される。
『三河に意地悪されても、ちょっと優しくされただけで好きになっちゃったじゃん』
　あぁ、どうしよう。泣きそう……。
　その時、保健室の扉がガラッと開く音がした。
　先生が戻ってきたのかもしれない、と起き上がろうとした時、聞こえてきた声に驚く。
「華子？」
「っ、え……」
　この声、聞き間違えるわけがない。
　どうして……？
「葵くん？」

小さな声で尋ねると、カーテンの向こう側から安心したように息を吐くのが聞こえた。
　心配して来てくれたの？
　ずっと探していてくれたの？
　変な期待をしてしまう私。
「華子、開けていい？」
「ダ、ダメ!!」
　私の顔、絶対にグチャグチャだもん。こんな顔、好きな人に見られたくない。
　それなのに……。
「えっ、ちょっ!?」
　葵くんは私を無視して、シャッと音を立てて思いきりカーテンを開けた。
　慌てて布団で顔を隠す。ダメって言ったのに！
「何、その態度」
　葵くんの不機嫌そうな声にギョッとして、思わず布団から顔を出しそうになる。
　うう、でも……。
「だ、だって……顔を見られたくない」
　そう言うと、葵くんは「はぁ……」と息を吐いてベッドの端に座った。
「……泣いてた？」
　ピクッと肩が上がる。
「そ、そんなこと……」
「あるでしょ。嘘つくなよ、バーカ」

布団の上からコツンと頭を軽く叩かれる。
　まるで"泣くなよ"って言われているみたい。
「大野にキスされたんだ？」
「……っ」
　ハッとして息をのむ。葵くん、なんで知ってるの？
「ど、どうして……」
「大野から聞いた」
「……」
　大野くんから……。
　彼が何を考えているのか、私にはわからない。
「……華子を見てると、イライラする」
　その言葉に、私はバッと布団から顔を出した。
　き、嫌われちゃった？
「無防備すぎ。勝手にキスされてんなよ、バカ」
　……葵くん。
　どうして、葵くんが悲しそうな顔をするの？
　どうして、悔しそうに顔を歪ませるの？
「俺のことだけ見て、俺のことだけ考えてればいいんだよ、華子は」
　小さく弱々しい呟きに、私は目を丸くする。
　葵くん……？
「……忘れて」
「え？」
　私の頬にそっと添えられた葵くんの手は、ひんやりと冷たかった。

「大野にキスされたこと、忘れなよ」
　いつもの余裕たっぷりな葵くんとはまったく違う。
「……」
　すると、葵くんは真剣な眼差しを向けてきて……。
「……じゃないと、俺がどうにかなりそう」
　ねぇ、葵くん。そんなのズルいよ。
　どうしてそんなこと言うの？
「でも葵くん、前に『好きになられても困る』って私に言ったよね？」
　頬に添えられた葵くんの手に、自分の手を重ねる。そして、ゆっくりとベッドから体を起こして彼を見た。
「……困る」
　その言葉に、ズキッと胸が痛む。
　じゃあ、なんでこんなことするの。
　教室を飛び出した私を追いかけたり、心配している素振りを見せたり、『俺のことだけ見て、俺のことだけ考えてればいいんだよ』なんて言ったり……。
「葵くんって、女の子の扱いが上手だよね」
　本当にズルい。
「だってこんなふうにされたら、誰だって葵くんのことが好きになっちゃうよ」
　葵くん……。お願いだから、これ以上、葵くんを好きにさせるようなことはしないで。
　好きになっても報われないし、こんなの辛いだけだよ。
「……華子に、俺の気持ちがわかるかよ」

どこか悔しそうな口調に言った葵くん。
　訳がわからなくて「どういうこと？」と尋ねると、葵くんは何かを言おうと口をとして開きかけたのに、またすぐに閉じてしまう。
「なんでもない……」
　そう言われたから、私はもう何も聞けなかった。

隣にいたいだけ

『……華子に、俺の気持ちがわかるかよ』
　保健室で葵くんに言われた言葉の意味を、ずっと考えている。
　ねぇ、葵くん。
　あれはどんな気持ちで言ったの？
『……っ、じゃあ俺は行くから』
　結局あのあと、葵くんはこう言って出ていってしまったけど……。
　ガヤガヤと騒がしい昼休み。
　陽菜ちゃんと一緒に購買へ行った帰り道の廊下。
　下げていた目線を上げてから、少し後悔した。
　……大野くん。
　私と目が合った大野くんは、何か言おうと口を開いて、また閉じた。
　私も目をそらして、彼の横を通りすぎる。
　保健室に逃げ込んだ日から、もうずっと大野くんと話せてない。
　今日は11月25日。
　葵くんのニセ物の彼女になってから、もう2ヶ月なんだなぁ……。
　大野くんとすれ違ったあと、陽菜ちゃんが気づかうように顔を覗き込んできた。

「私なら大丈夫だよ！」

　陽菜ちゃんには、大野くんにキスをされた次の日に、電話で事情を説明した。

　その日はそのまま早退しちゃったから、家でね。

　『大変だったね……今日はゆっくり休みな』って言ってくれたっけ。

「そういえば大野ってさ、最近女子と一緒にいなくない？」

　私の言葉に安心したように息をついて、そう言った陽菜ちゃん。

「たしかに、言われてみれば……そうかも？」

「チャラ男だったのに変だよね」

　そう言って紙パックのジュースを飲む陽菜ちゃんに、苦笑いをこぼす。

「あ、三河とここで待ち合わせだよね？」

「うん。購買ついてきてくれてありがとう！」

　いつもは葵くんと教室から一緒に行くけど、今日の葵くんは、後輩の女の子に昼休み呼び出されていた。

　『屋上の階段のところで待ってて』って言われたんだ。

「三河に変なことされたら私に言うんだよ？　約束だからね！」

「お、大げさだよ……！」

　またね、と手を振った陽菜ちゃんと別れてから、ため息をついた。

　購買の袋がガサッと揺れる。

　『大野にキスされたこと、忘れなよ』

『……じゃないと、俺がどうにかなりそう』
　葵くん、どうしてこんなことを言ったの？
　どうして少し悲しそうな顔をしていたの。
　帰ってくる言葉を聞くのが怖くて、聞けずにいるけど、本当は気になっているんだよ。
「華子」
　名前を呼ばれてハッとした。
　振り向くと、屋上のカギを持っている葵くんがいて。
　告白されてたから、かな……なんだか疲れてる？
　"私"っていう彼女がいても、やっぱり告白はされる。
　おとといも呼び出されていたし。
　前よりは減ったって本人は言っているけど……。
　やっぱり葵くんは人気者なんだなって実感すると、少し切なくなる。
「何してんの。行くよ」
「あっ、うん」
　屋上へと続く扉を開けて、いつもの場所に寝転がる。
　もう少しで12月だから、やっぱり外は寒い。
　冷たい風が吹いて、思わず身震いをした。
「寒いね」
「くっついてたら寒くなくなるんじゃない」
「えっ」
　えっと、それはどういう意味なんだろう……？
　そう思いながら葵くんを見ると、私を見上げて小さく笑っていて……。

――ドキン。
「……こっち来てよ」
　起き上がった葵くんは、ゆっくりと手を伸ばした。
　私の腕を掴んで、そっと引き寄せる。
「っ、近いよ……」
「でも、あったかいだろ」
　後ろから葵くんに抱きしめられているから、たしかに温かいけど、あ、熱いというか……。
　本当に、どうしてこんなことをするの？
　こんなことされたら、誰だって葵くんのこと好きになっちゃうよ。
　それなのに『好きになられても困る』って言うのは、少し、ひどい。
　それでもやっぱり葵くんの１つ１つの動きにドキドキしちゃうから、恋って厄介だ。
「葵くん？」
　私の肩におでこをのせて、動かないでいる葵くん。
「……華子はさぁ」
「な、何？」
「俺にこんなことされて嫌じゃねぇの？」
　突然の言葉に目を丸くした。
　どうして、急にそんなこと……。
「ねぇ。聞いてる？」
「ひゃっ!?」
　私の髪を耳にかけて、ふっと息を吹く。

自分の変な声に、慌てて両手で口元を隠した。
「されるがままになってるけど、どう思ってんの」
　ど、どうって……。
「こ、困る……」
　ドキドキさせてくるんだもん。
　そのせいで心臓が痛いよ。
　すると、キュッと葵くんの腕に力がこもった。
「……困らせるのが目的だし、当たり前か」
「え？」
　ボソッと呟いた声が、上手く聞き取れない。
　なんて言ったの？
　おそるおそる首だけ動かして後ろを見ると、ぱちっと葵くんと目が合った。
　自嘲気味に笑う姿に、ドクンと胸が嫌な音を立てた。
　葵くん……？
「そーいや、華子って好きな人いんの？」
「えっ!?」
「ふーん……いるんだ」
　ま、まだ何も言ってないよ!?
「……誰」
　低い声にビクッと肩が上がる。
　誰って、言えるわけないよ。
　私の好きな人は、葵くんだから。
「ま、聞いたって素直に言うわけねーか」
　そう言いながら腕を離して、葵くんは立ち上がった。

いつもと違う葵くんに、戸惑う。
「３ヶ月限定の彼女っていう契約だったけど」
「え……」
「それ、ちょっと変えていい？」
　すっと、右手でピースサインを作った葵くんは、
「２ヶ月で終わりにしよ」
　小さく、そう言った。
　でも、２ヶ月って……今日は11月25日だから……。
　だから……。
「今日で終わり。今までありがと」
　頭の中が、真っ白になった。
　どうして、そんなことを言うんだろう。
　私が葵くんのことを好きだって、バレた？
　ううん、そんなはずない……。
　じゃあ、なんで……？
「そーだ、そのお人好しな性格、どうにかしたほうがいいんじゃねぇ？」
　そう言って意地悪く笑いながら屋上を出ようとする葵くんに、ハッとした。
「ま、待って……！」
　慌ててその腕を掴んで、引きとめる。
　　……だけど。
「……俺のほうが先に華子のこと見つけたのに」
　小さくそう呟いた葵くんは、いつもと様子が違くて。
「……華子を見てると、イライラする」

前にも言われたその言葉が、グサリと胸に刺さる。
　葵くんを、これ以上引きとめることは、今の私にはできなかった。
　期間限定の彼女を終わりにしようって言われちゃった。
　そりゃ、私だってこの関係がずっと続くとは思っていなかったよ？
　３ヶ月後には終わるって、わかっていた。
　でも、展開が急で、頭が追いつかない……。

「華子、どういうこと？　終わりにしようって……」
「わ、私にもわからないの」
　知らない間に、無意識に、葵くんにとって嫌なことをしちゃってた？
　それとも、私自身に嫌気がさした？
「うっ、陽菜ちゃ」
「あぁっ！　泣かないで……！」
　ポロポロと涙を流す私を見て、陽菜ちゃんは慌ててハンカチをポケットから出した。
　トイレに来ていて正解だった。
　だって泣いてる姿なんて、誰にも見られたくないもん。
　５限目と６限目の間の休み時間。
　授業中に陽菜ちゃんに。
【葵くんに終わりにしようって言われちゃった】
　って、これだけメールで伝えた。
　さっきの時間は授業どころじゃなくて、ずっと落ちつか

なかった。
　陽菜ちゃんと2人っきりになったら、涙腺が緩んでしまった。
　どうしよう、陽菜ちゃん。
　私、どうすればいい？
「ひっく……葵くんに、イライラするって言われたの」
「えっ!?」
『……華子を見てると、イライラする』
　前にも言われた言葉。
　もう、いちばん考えられる理由なんてこれしかない。
「華子、落ちついて？　大丈夫だから……」
「っ、葵くんに」
　葵くんに、嫌われたくない。
　だけど、たぶん。
「嫌われちゃった……っ」
　陽菜ちゃんのハンカチが、私の涙でどんどん濡れていく。
　陽菜ちゃんは、優しく背中をさすってくれた。

「落ちついた？」
「……ん」
　スンッと鼻をすすってそう答えたのは、休み時間が終わる2分前。
　トイレから出て、急いで教室へと向かう。
「……あのさ、私からしてみたらね、三河は結構、華子のこと気に入ってたんじゃないかなって」

「そんなこと、あるわけないよ」
「でも、華子の困った顔が見たいからって、普通あんなにスキンシップする?」
「でも……」
　陽菜ちゃんに腕を引っ張られながら廊下を歩いていく。
「大野とのことだってそうじゃん。完璧にヤキモチ妬いてたでしょ」
「そ、れは、わかんないけど……」
「もうっ、本当に意味わかんない。三河のバカ野郎!」
　いきなり大きな声を出した陽菜ちゃんに少しだけビックリした。
　教室の扉を開けた瞬間、チャイムが鳴る。
「まぁ、とにかく私は、三河との変な関係が終わって正直ホッとしてる」

"華子、振り回されてばっかりだったでしょう?"
　陽菜ちゃんの言葉に、私は始まったばかりの日本史の授業でぐるぐると頭を巡らせていた。
　……たしかに、陽菜ちゃんの言うとおりかもしれない。
　いきなり彼女になってくれって言われたり、お昼休みも帰りも、一緒にいさせられたり、挙げ句の果てには私の困った顔が見たいからって、いろいろなことしてきたり。
　……振り回されてばっかり、だったな。
『まぁ、とにかく私は、三河との変な関係が終わって正直ホッとしてる』

そういうふうに考えれば、陽菜ちゃんがこう言ったのもわかる。
　わかる、けど。
『そういうところがよかったんだよ』
『華子のそういうところ、俺好き』
　葵くんの言葉が、全部嘘だったとは、私には考えられなくて。
　だから、余計にこの状況が、辛い。
　どうして急に、もう終わりにしようと思ったの？
　知らない間に、嫌な思いをさせてしまったのなら謝りたいよ。
　だから、あと１ヶ月、まだ一緒にいたかった。
　……なんて、生意気かなぁ。
　葵くんのことを考えていたら授業はあっという間に終わって。
　帰りのホームルームのあと、陽菜ちゃんが『華子が心配だし今日は部活休む！』って言うから慌てて首を振った。
　だって、ソフトボール部はもう少しで大事な試合があるって言ってたもん。
　キャプテンが大事な時に休んだら大変だ。
「私は大丈夫だから！　何かあったらすぐ連絡するし……」
「……絶対だよ？　ひとりで抱え込むの禁止だからね!?」
　そう言って教室を出た陽菜ちゃんに、苦笑いをする。
　陽菜ちゃんは相変わらず優しい。
　素敵な親友に出会えて本当によかったよ……。

「お、田中ぁ。お前、暇か？」
　私も帰ろうとバッグを肩にかけた時、先生に呼び止められた。
「このプリントの入っている箱、準備室に置いてきてくれないか？　カギは開いてるから」
「えっ、でも……」
「先生、これから職員会議なんだ。遅れたら説教くらっちまう」
　うぐっ、そう言われたら断れない。
　コクリとうなずいてダンボールを受け取った。
　葵くんについさっき、お人好しな性格をどうにかしろって言われたばっかりなのに、こうやって頼みごとを引き受けている私。
　だって、しょうがないんだもん……って、また葵くんのことを考えているし！
　ブンブンと首を振りながら、静かな廊下を歩く。
　……いつもなら、葵くんと一緒に帰ってるはずなんだけどな。
　『田中さん、帰ろ』って声をかけてくれて、それで、並んで帰ってたはずなのに。
　……葵くん、声もかけてくれなかった。
　本当に終わっちゃったんだな、って嫌でも実感した。
「葵くん……」
　小さくそう呟く。
　すると、後ろからドンと誰かがぶつかってきた。

「わっ!?」
　思いがけない衝撃に箱がスルリと落ちて、廊下にたくさんのプリントが散らばる。
「ごめんなさい！」
　遠くのほうで聞こえた声に、ため息をついた。
　最近、いいことが１つも起こらないのは、絶対に気のせいじゃないよね。
　１枚１枚拾って、箱の中に戻す。
　……なんだか、悲しくなってくるなぁ……。
　じんわりと、涙がたまった瞬間、
「あーあ、何やってんの」
　すぐ上で、声がかかった。
　思わずバッと声のしたほうを向いてから、目を見開く。
「お、大野くん……？」
　目の前にいる大野くんに、開いた口が閉まらない。
　えっと、どうしてここに……？
「今日、俺、日直」
　そう言って、しゃがみ込む大野くんの手には、たしかに日誌があって。
　きっと職員室に持っていく途中だったんだろうなぁ。
「ずいぶん派手にぶちまけたねー」
「あっ、大丈夫だから！　私１人でなんとかするし」
　プリントを拾ってくれる大野くんに、慌ててそう言う。
　私がやらかしてしまったことだもん。誰かに手伝ってもらうのは申し訳ないよっ。

「そんな警戒しなくても、もうあんなことしないよ?」
　クスクス笑う大野くん。
　"あんなこと"って言うのは、たぶん、私にキ、キスをしてきたことだよね?
「それに、華子ちゃんと話せるチャンス逃すなんてもったいないじゃん?」
　少し寂しそうに言うから、言葉に詰まる。
　たしかに大野くんと話すのはすごく久しぶり。
　でも、私にキスをしてきた事実は変わらない。
　しかも"たいした理由はない"って、言われたし……。
「はい、これで全部」
「あ、ありがとう……」
　……だけど。
「こんな面倒なこと引き受けるなんて、相変わらずお人好しだね」
　一緒にプリントを拾ってくれたし。
「これどこまで運ぶの?」
「えっと、準備室……って!　大野くんそこまでしなくてもいいのにっ」
　ダンボールも持ってくれるし。
　本人は、自分は優しくないって言うけど、でも。
「いーよ、別に。華子ちゃんと一緒にいたいだけだから」
　やっぱり、大野くんは優しいよ。
　なんて、こう思ってしまう私は、単純なのかな。
　ギュッと手のひらを握りしめた。

「……三河となんかあった？」
「えっ？」
「目、ちょっと腫れてるし、三河と一緒に帰ってなかったから」

　横目で私を見る大野くんに、また泣きそうになる。
「……葵くんの彼女のフリをするの、もう終わりになったんだ……」

　隣にいる大野くんが、ビックリしているのがわかった。

　今日あったことを簡単に大野くんに言うと、「……そう」って呟くだけ。

　それから、ちょうどついた準備室の扉を開けて、箱を置いた。

　薄暗い部屋で、大野くんは私のことをジッと見る。

　なんだかそれに耐えられなくなり、パッと目をそらした。
「で、でもっ、どうせこの関係が終わったら私の気持ちも封印しようと思っていたし！　受け入れるしかないんだけどねっ」

　あはは、と笑う。

　上手く笑えてないって、自分でもちゃんとわかった。
「葵くんに嫌われちゃったのは、ちょっと辛いけど……」
「華子ちゃん」
「葵くん、イライラしちゃうんだって。……大野くんのことも怒らせたし、私って本当、ダメだなぁ……っ」

　さっき散々泣いたくせに、また涙が流れ出た。

　私のバカ。

大野くんの前で泣くとか……困らせちゃうに決まっているのに。
「ご、ごめんね、大野くんにキスされたことまだ引きずってるとか、ダメだよね……もう忘れるから」
　そう言った瞬間、グイッと腕を引っ張られた。
　気づけば大野くんに抱きしめられていて。
　な、なんでこんなこと……？
「お、大野く」
「忘れないで」
　私の声をさえぎって、強くそう言った大野くんに、混乱する。
「……たいした理由ないとか、嘘」
「え？」
「三河ばっかりの華子ちゃんに、俺のことも見てほしかっただけ」
　予想もしてなかった言葉に目を見開いた。
「辛い思いするなら、やめちゃえよ、三河を好きでいるの」
　大野くんの心臓の音が、聞こえてくる。
「華子ちゃん」
　ドキドキいってるその音に、これは冗談で言っているんじゃないんだって、バカな私にもわかった。
「……俺のこと、好きになってよ」

Chapter V

田中さんなんか好きじゃない

　葵くんは人気者だから。
　片想いしている子たちがたくさんいる。
　そんな子たちは、みんな葵くんの恋愛情報に敏感で。
　だから、私と葵くんが別れたっていうこともあっという間に広まった。
「三河、今日も女子に囲まれてんね」
「そうだね……」
　前と同じ作り笑顔を浮かべている葵くんに、少し切なくなる。
　私の席から葵くんを一緒に見ていた陽菜ちゃんは、急に顔を覗き込んできた。
「で、相談したいことって？」
「あ、えっと……」
　どうしよう、いざ言おうとするとちょっと恥ずかしい。
　チラッと隣の席を見た。
　大野くんは、まだ学校に来ていない。
　次の時間で今日の授業は全部終わり。
　さすがに、休みだよね？
　ゴクリと唾を飲み込んだ。
『……俺のこと、好きになってよ』
　大野くんに言われたこと、キスをしてきた理由、それを陽菜ちゃんに言うと、

「マ、マジ？」
　ものすごくビックリされた。
　信じられないかもしれないけど、全部本当のこと。
「それで、華子はどうするの？」
「どうするって……」
　どうもできないよ。
『……あは、俺ってば余裕なさすぎ。ビックリさせちゃってごめんね』
　そう言って、大野くんは行ってしまった。
　ちゃんと"好き"って言われたわけじゃないし、私は、葵くんのことがまだ、好きだし……。
「こんな私のどこがいいんだろう」
　ポツリと呟くと、陽菜ちゃんはため息をつく。
「華子には華子の魅力があるんだよ。もうちょっと自信持っていいのに」
「あはは、そう言ってくれるのは陽菜ちゃんだけだよ」
「もう、全部本当のことなんだけど」
　ほっぺたを膨らますその姿がかわいくて、思わず笑ってしまった。
　　──キーンコーンカーンコーン。
「あ、じゃあ私は戻るね」
　自分の席に戻った陽菜ちゃん。
　教室に入ってくる先生。
　淡々と進められる授業。……その時。
「失礼しまーす」

ガタッとイスを引いて私の隣の席に座ったのは、なんともビックリな大野くんで。
　や、休みじゃなかったの？
「大野は遅刻、と」
　出席簿にボールペンを走らせる先生に、苦笑いをしている大野くん。
　ぱちっと、私と目が合った大野くんは、少し気まずそうに小さく笑った。
「寝坊しちゃった」
　寝坊……。
　理由が大野くんらしい。
「昨日よく眠れなくてさぁ」
「そうなんだ」
「華子ちゃんに全部言っちゃったなーって、思い出して恥ずかしくなってた」
　その言葉にパチパチと瞬きをする。
　え、えっと、それって……？
「本当は学校行くつもりなんてなかったけど」
　私から視線を移して正面を見た大野くん。
「……やっぱ華子ちゃんに会いたいなぁって」
　少し耳を赤くしてそう言うから、なんだか私も恥ずかしくなってきた。
　顔が熱くなってるのが自分でもわかる。
　そんなことを言葉に出して言えちゃう大野くんは、やっぱりすごいよ。

それから、あっという間に授業が終わり、帰りのホームルームも終わった。
「ねぇ、葵くん。このあと空いてたら一緒に遊ぼうよ」
「うん、いいよ」
　私と別れたっていう情報が広まってから、葵くんのまわりにはいつもたくさんの女の子たちがいるようになって。
　そういうところを見るのは、やっぱり辛い。
　……でも、いい加減慣れなきゃ。
　だって私のこの気持ち、封印しなきゃいけないんだから。
　すると、荷物を手にした陽菜ちゃんがやってきた。
「あれっ、華子は帰らないの？」
「うん。授業でわからないところあったから先生に質問しようと思って」
　なんて、こんなのはただの口実。
　本当は、葵くんたちが教室からいなくなるのを待ちたいだけ。
　陽菜ちゃんを見送って、小さくため息をついた。
「三河たちのこと見たくないんなら、早く教室から出ればいーのに」
　クスクス笑い声を立てるのは、大野くん。
「一緒に帰ろうよ、華子ちゃん」
　リュックを背負って教室の扉に寄りかかっていた。
　……葵くんたちのことを見たくないのはもちろんだけど、何より1人になりたかっただけなんだ。

それで、葵くんに対する気持ち全部を封印したかったの。
「ごめんなさい、私はまだ残っていたいから……」
　そう言った瞬間、葵くんが立ち上がった。
　後ろの扉から出ようとする。
　無意識に葵くんを目で追いかけている自分が……ちょっと悔しい。
　女の子たちを先に行かせて、最後に葵くんが教室から出ようとした時。
「昨日の！」
「え？」
　いきなり、大野くんがいつもより少しだけ大きな声を出したから、ビックリした。
　ど、どうしたの？
「……昨日、華子ちゃんに言ったこと、告白ってことにしておいて」
「なっ……!?」
　声が大きいよっ！　絶対に葵くんにまで聞こえてるよ!?
「大野くんっ、声が大きい……！」
「でも、返事はいーや。言いたかっただけだから」
「は、話を聞いてよっ」
「あ、あと、昨日、いきなり抱きしめちゃってごめんね」
　そう言った大野くんに、あぁ、って思った。
　ひどいよ、大野くん。
　どうして今ここで言ったの？
　葵くんをおそるおそる見る。

横目で私たちを見ていたけど、すぐに目をそらして、教室から出ていってしまった。
「……っ」
　泣きそうになる。
　別に、何か言ってほしかったわけじゃないけど、怒ってほしかったわけでもないけど、でも。
　葵くんに構ってもらえてたのは、私が都合のいい女避けだったから、なのかな。
　そうだとしたら、悲しい、なぁ……。
　もう。こんなんじゃ、気持ちを封印するとか、そんなのできないよ。
「ごめんね、華子ちゃん」
　スカートの裾をギュッと握っている私に、そう言った大野くん。
「三河に腹が立って。アイツって本当、バカだよね」
「どういうこと……？」
　大野くんの言ってる意味がわからなくて、眉を寄せる。
「んーん、別に。ただ……」
　何かを決意したように、大野くんが続ける。
「アイツはそれでいいのかなって」

本当の気持ち

【葵side】
『優しいフリをしているんじゃなくて、もともと優しいんじゃないかな』

クラスメイトの８割がうたた寝をする古典の授業。広げているノートから視線を上げて「はぁ」とため息をつく。

……今さら思い出してんなよ、俺。

頬杖をつくと隣の席に座る女子から視線を感じたので、「ん？」と笑ってみせると、

「な、なんでもない……！」

そいつは顔を赤くして、動揺し始める。

……人よりも自分の顔が整っていることは自覚していた。

笑ってみせれば、女どもは『キャーキャー』言って、

『葵くんって王子様みたいだよね』

『優しくてカッコよくて、まさに理想の男の子って感じ！』

勝手なイメージを作って、勝手に好きになって……。

『葵くんって、王子様っぽくないよね』

"イメージしている俺"と違うことがわかると、勝手に幻滅して、勝手に傷ついて……。

俺だって、半端な気持ちで付き合っていたわけじゃない。

ちゃんと相手の子と同じくらいの気持ちで接していたつもりだった。

それなのに、『裏切られた』って勘違いをする女子が多

くて、勘弁してほしかった。

　勝手にイメージを作っているのも、好きになるのも、すべてお前らじゃんって。

　『葵くんって王子様みたいだよね』って言われるのも、まわりで『キャーキャー』言われるのも、うれしくなかったし、やめてくれって思った。

　だったらいっそのこと、お前らが求める"王子様"ってやつを演じてやろうかって。

　だって、もう嫌だったんだ。イメージとは違う本当の俺を見て落ち込まれるのは。

　……ただ、そんな時、本当に偶然に、会ったんだ。
『ねぇ、大丈夫？』
　あれは、高校入試の日。
　緊張でよく眠れなかった俺は、かなり早めに家を出た。
　すると、前日に降った雪のせいで真っ白になった道端で、ウロウロ歩き回って何かを探している1人の女子に……。
　声をかけた俺のことを泣きそうな顔で見てくるから、最初はビックリしたんだ。
『……お守り、落としちゃって』
『お守り？』
『お母さんがくれたんです。すごく大事なもので……』
　そう言いながらも、キョロキョロとあたりを見まわしていた。
　冷めていると思われるかもしれないけど、まだ受験まで

時間があるとはいえ、お守りより、受験のほうが大事に決まっている。

だから、そんなもの諦めてさっさと受験会場に向かえよって思ったっけ。

『……あっ、あの、私のことは気にしないでください。きっとすぐに見つかると思うし……』

『……そう?』

その子の言うとおりに、俺は受験会場へと足を進めた。

……だけど。

寒さで真っ赤になっている頬とか、泣くのを必死に我慢している顔とかいろいろと考えてしまって……。

気づいたら俺は、彼女と一緒にお守りを探していた。

『え……』

目を丸くしているその子の顔が、今でもまぶたの裏に浮かぶ。誰かに踏まれたのだろう。

『お守りって、これ?』

15分ほど探した結果、雪に埋もれたお守りを見つけることができた。

すると、ぱぁぁっと顔を輝かせ、『本当にありがとう!』と、その子は言った。

『別に……。俺、普段は優しいフリをしているし、こんなの慣れっこ。でも、こんなの本当の俺じゃない。本当の俺はもっと意地悪で、口が悪くて、自分勝手なヤツだから』

そう言ったら、目の前の彼女はパチパチと瞬きをした。

その反応に、つい余計なことを言ってしまった自分に気づき、"ごめん"と謝ろうとした時……。
『優しいフリをしているんじゃなくて、もともと優しいんじゃないかな』
　彼女が控えめに、小さな声で呟くように言った言葉に俺は目を見開いた。
『だって、本当に悪い人だったら、他人の私なんかのために、わざわざ一緒に落とし物を探そうとしないでしょ？』
『え……』
『私は、今日初めてあなたに会ったけど、すごく優しい人だなって思ったよ。だから、本当にありがとう！』
　目の前に立つ彼女が、そう言ってニッコリ笑う。
『意地悪なのも、口が悪いのも、優しいところも全部含めて君だよ』
　……たいしたことを言われたわけじゃない。
　ありきたりな言葉だって、わかっていた。
　でも……。
　その時の俺には、十分すぎる言葉だった。

　それから無事に高校に合格した俺は、真っ先にその子の姿を探した。
　でも、名前も知らないその子のことを、何百人もいる生徒の中から見つけることはできなくて……。もしかしたら違う高校に入学したのかも……なんて思った。

それからも相変わらず"爽やかで優しい王子様"の仮面を被りながら高校1年を無事に終え、高校入学してから二度目の春。

　新しいクラス、新しいクラスメイト……。

　その中に、いた。

『田中華子です。えっと、1年生の時は、D組でした』

　一目見た瞬間、すぐにわかった。

　やっと見つけたのだ。

　だけど、田中さん……華子はまったく俺のことなんか覚えていなくて、本当に生意気だよな……と思った。

　……ただ、目が合うと、いつも決まって心配そうな顔をしていたから。

　作り笑顔だって、わかるのか？って、少しビックリした。

　どちらかといえば鈍感そうなのに、俺がキャラを被っているっていうことを見抜いてて。

　……"女避けのための彼女"は、なかなかいいアイディアだったと思う。

　真っ先に思い浮かんだ人は華子で。

　少し強引に頼んだら、やっぱり引き受けてくれた。

　ごめんね、華子。

　その時はさ、この人がお人好しでよかった、って思っちゃったんだよね。

　困った顔を見たらさ、ちょっかいもかけたくなったんだ。

　……だけど。

『……私には本当の葵くんでいいからね』

『なんなら、私が葵くんを守ってあげるよ……!?』
　華子は、こう言ってくれたから。
　こんなこと言われたのは初めてで、もう、正直に言う。
　その時も、教室で目が合った時も、あの雪の日も、俺さ、うれしかったんだよね。
「じゃあこのページは次の授業までにやってくること。宿題ねー」
　古典の教師の言葉にハッとした。
　……考えごとに夢中になりすぎだから、俺。
　暇さえあれば華子のことを考えるのやめろよ。
　気持ち悪いって。
　チャイムが鳴って授業が終わる。
　窓の外を見ると、雨が降りそうな天気で。
　気分は憂鬱だし、
「葵くん、今日一緒に帰ろうよ！」
　前みたいに女子たちがまわりに集まってくるし。
　……まぁ、しょうがないんだけどさ。
「このあと暇？」
　華子と目が合わなくなったのも、しょうがないことだって、わかってるけど。
「ごめんね、今日は用事があるんだ」
　残念そうな表情の女子たちを横目に、華子を見た。
『……昨日、華子ちゃんに言ったこと、告白ってことにしておいて』
『あ、あと、昨日、いきなり抱きしめちゃってごめんね』

カレンダーの月も変わって、12月になった。
あの時の大野の言葉を、今でも気にしてるとか、カッコ悪すぎ。
動揺を隠すのに必死だったとか、余裕なさすぎ。
華子は、なんて返事をしたんだろう。
前に言ってた、華子の好きな人って、誰？
「……うん。どこか寄り道する？」
その声を聞いて、小さく笑った顔を見て、契約期間を短くしたのを後悔してる。
大野と付き合ってんの？　とか、聞けるわけない。
つーか、大野にキスされて泣いてたの誰だよ。
なんでアイツに笑顔を向けるわけ？
って、むしゃくしゃしてんなよ、俺。
思わず苦笑いをこぼした。
放課後、教室の窓側いちばん後ろの席で机に突っ伏す。
1つ、わかったことがある。
華子がそばにいない毎日は、楽しくないし、寂しい。
もう1つ、わかったこと。
華子と大野が一緒にいるのを見ると、ムカつく。不安になる。
『華子を見てると、イライラする』
……わかってるって。
これは、ただの独占欲じゃなくて、嫉妬だ。
女避けのためにとか言っていたけど、最初は、ただ華子の隣にいたかっただけだった。

だって、アイツの隣は居心地がよかったから。
　だけど、隣にいるだけでいるよかったのに、いつの間にか"もっと"って欲しがっていた。
　この気持ちがなんなのか本当はわかっていたくせに、気づいていないフリをしていた。
"爽やかで優しい王子様"じゃなくて、口が悪くて腹黒い本当の俺を好いてもらえる自信なんか、これっぽっちもなかったんだよ。
　……華子にだけは、離れていってほしくなかったから。また幻滅されるんじゃないかって怖くて……。
　だから自分から距離をおいて、逃げて、華子に冷たい言葉を言って……。
　あぁ、もうわかっているよ。
　俺って、すっげぇ根性なしだな。
　でも距離を置いたって、何をしたって、ダメだった。
　この気持ちがなくなるなんてことも、あるわけなかった。
　もう遅いのに。
　好きだ。
　……華子が、好きなんだ。

本当にバカ

「華子ちゃん、寄り道しないでそのまま帰ろっか」
「えっ？」
　学校を出た駅までの道のり。
　2人並んで歩いていた時にいきなりそう言われたから、ビックリした。
「で、でも……お気に入りのカフェに連れていってくれるんじゃ？」
　寄り道していく？
　って、教室で誘ったのは私のほう。
　でも、『いいカフェがあるよ』って言ってくれたの、忘れちゃった？
　私の言葉に困ったように笑う大野くん。
「そりゃ、俺としてはさぁ、華子ちゃんと放課後デートできるのはめっちゃうれしいんだけど」
「デッ!?」
　デート、はちょっと言いすぎなような気がするよ……！
　ピシッと固まってしまう私に、彼はクスクスと笑い声を立てた。
「でも、あんまり乗り気じゃなさそうだし、その頭の中はきっと三河でいっぱいだろうし？」
「っ、う」
　まさにその通りすぎて、何も言えない。

私から誘ったくせに、他の人のことを考えているとかいくらなんでも失礼だ。
　私、無意識に大野くんのことを利用しようとしていた。
「……ごめんね、大野くん……」
　バカ。
　本当にバカだ、私。
「謝らなくていーのに。まだ三河のこと好きだって承知の上でアピールしてんだもん」
　少し寂しそうに笑う。
　その表情を見たら、私まで苦しくなった。
　ごめん。
　ごめんね、大野くん。
　……このままじゃ、ダメだ。

　大野くんと私の家は反対方面で、駅の中で別れた。
　ガタンゴトンと揺れる電車の中で、はぁとため息をつく。
　大野くんは、私のことが好きだって言ってくれる。
　でも私は、まだ葵くんのことが好きで……。
　大野くんにとって、いい返事はあげられそうにないよ。
　私も私で葵くんとはもうずっと話せていないし、きっと嫌われているだろうし。
　家の最寄駅で降りて、静かな住宅街を歩く。
　家について部屋着に着替えた時、雨が降り出した。
　ドサッとベッドにダイブして、目を閉じる。
　葵くん、前みたいに女の子たちに囲まれるようになった。

作り笑顔も張りついたままで。
……ムリ、してないかな。
辛くないかな。
私はそれが心配でしょうがないよ。

葵くんって嘘が上手だね

「陽菜ちゃん、私ね、大野くんにちゃんと自分の気持ち伝えようと思ってるんだけど」
「え」
　昼休み。
　私の言葉に、食べようとしていたウインナーをポロッと落とした陽菜ちゃん。
「ちょっ、ちょっとそれってまさか、告白……？」
「……え!?」
　ち、違うよ！
　告白とかじゃなくてっ。
「私はまだ葵くんが好きだからって、ごめんなさいするのっ」
「あっ、なんだそっちか！」
　昨日、ものすごく考えて、私が出した答え。
　まずは、大野くんの気持ちには応えられないって言ったほうがいいこと。
　……あとは。
「葵くんとも、話そうと思って」
　彼の名前を出した瞬間、心配そうな顔で私のことを見つめる陽菜ちゃん。
　だ、大丈夫だよっ？
「これからも、友達としてよろしくって」

もともと、葵くんの彼女のフリをする前はただのクラスメイトだった。
　あんまり話したことなかったしね。
　"友達として"っていうのは、ごめんね、私のワガママなんだ。
　せめて、"ただのクラスメイト"じゃなくて葵くんの"友達"になりたい。
「……好きって、言わないの？」
　小さくそう聞く陽菜ちゃんに、苦笑いをする。
「私の気持ちは封印するって、言ったでしょ？」
「そうだけど……」
「それに、葵くんのことを困らせたくないの」
　ましてや、"好きです"って言ってさらに嫌われたくない。
　嫌われるぐらいなら、友達でいい。
　……まぁ、葵くんがそれを受け入れてくれるかはわからないけど……。
「たぶん、これがいちばん平和な終わり方だと思って」
　誰も傷つかない終わり方なんて、私には考えつかなかったから。
　私も傷つくし、厚かましいけど大野くんだって傷つくかもしれない。
　葵くんは……わからないな。
「あのね、華子」
　お箸を置いて、真剣な表情で私のことを見る陽菜ちゃん。
「好きって気持ちを封印する必要、本当にあるのかな？」

「え？」
「だって、言わないままモヤモヤするより、言ってスッキリしたほうがよくない？」
　……たしかに、そうかもしれない。
　でもね、陽菜ちゃん。
　正直に言うとね、
「……好きって伝えて、振られるのが怖いんだ」
　根性なしでしょ、私って。
　拒絶されるの、怖いんだ。
　それなら、言わないほうがいいって思っちゃうの。
「……そっか」
「ごめんね」
「バカ、なんで華子が謝るの」
　うん、でも、陽菜ちゃんにはいっぱい心配かけちゃったから。
「今度の冬休み、どっか遊びに行こうね」
「うん！」
　優しい親友を持てて、本当によかったって思う。
　いつもありがとう、陽菜ちゃん。
　チャイムが鳴って、昼休みが終わった。
　陽菜ちゃんと一緒に、慌ててお弁当を食べて次の授業の準備をする。
　今日の放課後、大野くんと話をしよう。
　……はぁ、なんだか今から緊張しちゃうな。
　チラッと隣を見る。

ほんのり焦げ茶色の髪の毛、右目の下にあるホクロ。
　　こうやって、目が合うとニコッと笑ってくれる。
「きりーつ、れい」
　　日直の号令に合わせて立ち上がって、ぺこりとお辞儀をした。
　　……大野くんは、こんな私のことが好きみたい。
　　その気持ちに応えることができないのは、心苦しいや。
「258ページ開いてー」
　　チャラチャラしてるけど、ピアスだって開いてるけど、私に、いきなりキスをしてきたけど、でも。
　　葵くんと同じで、大野くんは優しかった。
　　そう思ってしまう私って、やっぱり単純？
　　人に気を許しすぎかな？
　　だけど、信じたい。
　　大げさかもしれないけど、優しい人だって、信じているんだ、私は。

「あの、大野くん」
　　全部の授業が終わって、帰りのホームルームも終わったあと。
　　リュックを背負って帰ろうとする大野くんを呼び止めると、彼は「ん？」って、不思議そうな顔をする。
　　ゴクリと唾を飲み込んで、口を開いた。
「話したいことがあって……」
　　小さくそう言うと、大野くんは何かを察したみたいに苦

笑いをした。
「オッケー。じゃ、渡り廊下に行こ。体育館につながってるとこ」
　期末試験前だから、全部の部活が今日から休みになる。
　だから、渡り廊下にも誰も来ない。
　私はコクリと頷いて、先に歩いていく大野くんのあとに続いた。
　この沈黙が、なんだか気まずい……。
　私が伝えたいことを大野くんに言ったら、もう今までみたいに話せなくなってしまうかも。
　でも……悲しいけど、私がどうこうできることじゃないもんね。
「それで？　話したいことって？」
　ついた渡り廊下で、「まぁ、なんとなくわかるけど」なんて続けた大野くん。
　……どうしよう。
　いざ、言おうとすると、うまく言葉が出てこない……。
「あ、あのね」
「うん」
「大野くんは、優しいし、カッコいいし、女の子の扱いをよくわかってるし」
「……」
「だから、こんな私よりももっと他の子のほうが……」
「華子ちゃん」
　私の言葉をさえぎって、名前を呼んだ大野くんは、困っ

たように笑っていた。
「ちゃんと言って。じゃないと、全然吹っきれないよ」
「あ……」
　ギュッと、スカートの裾を握る。
「……あのね」
　……大野くんの優しいところ、素敵だなって思ってるよ。
「私は、葵くんのことが好きだから、大野くんの気持ちには応えられない」
　ごめんね。
　小さくそう言うと、なんだか泣きそうになった。
　でも、私が泣くのはおかしいから、絶対に泣かない。
「……やっぱ三河のこと好き、だよなー……」
「……うん」
「それは、絶対に変わんねぇの？」
　ほっぺたを人差し指でかいて、横目で私のことを見る大野くん。
　……うん。
「変わらない」
　まっすぐ目を見てそう言うと、プハッと大野くんは噴き出した。
　それから、「あーあ」って、呟いて。
「返事はいらねーって言ったのに」
「いたっ」
「なんで言っちゃうかなー、華子ちゃんは」
　容赦のないデコピンをされた私は、思わずその場にうず

くまる。
　い、痛いよ、大野くん……！
　それに、しょうがないんだよ。
「……大野くんのこと、これ以上傷つけたくなかったの」
「は」
　ふいに悲しそうな顔を、大野くんはしていたから。
「早く私のこと、吹っきってほしかった」
　葵くんのことを好きなままの私じゃ、一緒にはいてあげられないから。
　うずくまったままそう言うと、仕方ないなぁ、とでも言っているようなため息をつかれた。
「華子ちゃんの、そういうところが好き」
「……ありがとう」
　こんな私のことを、好きになってくれてありがとう。
「ちゃんと振ってくれて、ありがとね」
　私は、またグッと涙をこらえた。

　誰かからの好意に応えられないって、辛いことなんだな。
　私、初めて知ったよ。
　大野くんと別れてから、教室までの静かな廊下を１人で歩いていく。
　私も大野くんみたいにカバンを一緒に持っていけばよかった。
　教室に置きっぱなしにしちゃったよ……。
　はぁ、とため息をついて教室の扉を開けた。

試験前だもん。
　さすがに誰もいないよね……って、
「えっ」
　予想もしてなかった人の姿を見て、目を丸くした。
　な、なんでまだいるの……？
「……葵くん？」
　ポロッと無意識に呼んでいた名前。
　窓側いちばん後ろの席。
　葵くんが、顔を伏せてそこにいた。
　ね、眠ってるのかな？
　まったく動かないや。
　ゴクリと唾を飲み込んで、葵くんの元へと行こうとする、けど。
「……何やってるのよ、私」
　もし葵くんが起きたらどうするの？
　気まずくなっちゃうよっ。
　ただでさえ最近はまったく話してなかったんだし。
　……でも、葵くんにも話さなきゃいけないことがあるのも事実。
　でもでもっ、さっき大野くんに自分の気持ち伝えたばっかりだよ？
　はい次は葵くん、ってそんな簡単にいけるものでもない。
　ブンブンと首を振って、カバンを手に取った。
　そして教室を出ようとするけど、な、なかなか足が踏み出せない。

……葵くんの顔、見たいな……。
　　これが、本音。
　　本当は、少しだけでいいから、葵くんの顔が見たい。
　　彼女のフリが終わってから、葵くんのことはなるべく見ないようにしてた。
　　だって、どうしたって女の子たちに囲まれてるところを見ることになるでしょう？
　　だから、ちょっとだけ……。
　　そーっと葵くんに近づいて、腕と前髪の隙間からその顔を見た。
　　寝顔を見るのは、屋上の時以来だなぁ。
　　最初、急に膝を貸してって言うからビックリしたっけ。
　　もう、あの時みたいに一緒にいることはないんだよね。
　　ズキッと胸が痛くなる。
　　でも、しょうがないよね。
　　もともと釣り合ってなかったもんね。
　　私、ただの女避けだったもん！
「……キレイな寝顔」
　　葵くんはやっぱりカッコいいんだなぁって、改めて実感した。
　　葵くん、私は葵くんの役に立てたかな。
　　葵くん、また作り笑顔ばっかりの毎日だね。
　　……葵くん。
「……好き」
　　小さく呟いて、今度こそ教室から出ようとした。

その時。
「っ、え……」
「……何してんの？」
　寝ていたはずの葵くんに右腕を掴まれて、ドサッと持っていたカバンを落としてしまった。
　な、なんでこのタイミングで起きちゃうの……っ。
　ハッ、て、ていうか、葵くんさっきの聞こえてた……!?
「何」
「い、や、別に……！」
　よかった、この反応だと聞こえていなかったみたい。
　ホッと胸を撫で下ろす。
　それから、まだ掴まれている腕に視線を落とした。
「あ、あの……」
「……」
　何も言わない。
　この沈黙が気まずいし、何より、久しぶりに葵くんと話すから、緊張するよ。
「な、なんでまだ残ってたの……？」
　沈黙に耐えられなくなってそう聞くと、ピクッと葵くんの肩が上がった。
「っ別に、たまたま」
「そっか……」
　試験前の放課後は、とっても静かだ。
　みんなすぐに家に帰って勉強するから。
　だから、今いるこの教室だって静かで。

もしかしたら唾を飲み込む音だって、相手に聞こえちゃうかも。
　　ドキドキいってる心臓の音も、聞こえちゃうかな？
「っ、あの、私、もう行くね？」
　　葵くんには、また明日にでも話そう。
　　だってまだ心の準備が……。
「……わっ」
　　足の向きを変えて、葵くんから離れようとする。
　　だけど、腕を掴む力は少し緩んでいたのに、その途端またギュッと強く掴まれて。
　　わ、訳がわからなくなった。
　　葵くん？　って名前を呼んでも、反応なし。
「……んの」
「え？」
「大野と、付き合ってんの？」
　　やっと口を開いたかと思えば、こんなことを聞いてくるから。
　　ビ、ビックリした……。
　　なんで急にそんなこと……？
「告白されたんだろ、アイツに」
「そう、だけど……」
　　やっぱり、この前の聞こえてた、よね。
　　でも、葵くん。
　　私、大野くんと付き合ってないよ。
　　だって、好きな人がいるんだもん。

そう言おうとすると、
「いーじゃん。付き合っちゃえよ」
「……え？」
　こんなことを、口にするから。
「案外お似合いなんじゃねぇの」
　笑って、言うから。
　……胸が張り裂けそうだ。
　だって、こんなの、私のことなんかなんとも思っていないって言っているのと同じだもん。
　期待なんてしていなかったけど、実際に言われると、かなり辛い。
「……なんで、そんなこと、言うの？」
　私の好きな人は葵くんで、最初から葵くんのことしか見てなくて。
　だから。
「葵くんにだけは……そんなこと言ってほしくなかったよ……っ」
　ポロポロ出てくる涙を見て、葵くんは目を見開いた。
　スルリと掴まれていた手が離れる。
　もう、最悪……っ。
　涙は止まらないし、泣き顔を見られたし、葵くんをきっと困らせてる。
「うっ……ひっく……」
　バカバカ。
　早く、涙よ止まって。

両手を使って溢れてくる涙を拭って拭って。
「……嘘」
　ポツリと、小さく葵くんが呟いたのは、そんな時。
　え？　なんて心の中で聞き返す。
　嘘って、どういうこと……？
　すると葵くんは立ち上がり、涙を止めようとしている私の両手を取って、もう一度言った。
「今の、嘘だから」
「え……」
　私の目を見てそう言った葵くんは、どこか悲しそうで。
　なんで、そんな顔をするの……？
「……大野と、付き合ってほしくないし」
「あ、葵くん？」
「教室に残ってたのだって、華子のこと待ってたからだし」
「え？　な、んで……」
「だからそれは……！」
　何かを言いかけていたのに、また口を閉じてしまった。
　葵くん、今、なんて言おうとしたの……？

俺の言葉をよく聞いて

　口を閉じた葵くんは、悔しそうに眉を寄せていた。
　ねぇ、葵くん？
　……もしかして、私のことをまた困らせようとしてる？
　だからさっきみたいなことを言ったの？
　何も言わない葵くんに、また少し泣きそうになった。
　だから俯いて、上履きのつま先をジッと見つめて。
「……彼女のフリをしてた時はね」
　声が震えないように、お腹に力を込める。
「葵くんが、ドキドキさせるようなことばっかりしてくるから、本当に困ったんだよ」
『田中さんの困った顔、なんかそそられるよね』
　もう、本当に、タチが悪いね葵くんは。
「でも、もう私は葵くんのニセ物の彼女でもないし」
「華子……」
「"そういうこと" 言うのも……やめよう？」
　じゃないと、いちいちドキドキしてる私がバカみたいでしょう……？
　私の手をまだ掴んでいる葵くん。
　その手をゆっくりとどけた。
「……これからは、友達としてよろしくね」
　今日言うつもりなんて、なかったのに。
　……言っちゃった。

これでおしまい。
　私の気持ちも封印して、葵くんのことが好きって気持ちも忘れて、それで……。
「っ、あ、おいくん……？」
　それで。
「……華子って、ほんと、生意気」
　どうして、そんな顔をするの？
　……どうして、葵くんが苦しそうにするの？
　名前を呼ぶと、キッと鋭く睨まれた。
「……華子なんか、嫌いだ」
「っ……」
「簡単に俺じゃないヤツに触られるし、単純だし、お人好しだし」
　静かな教室に、葵くんの声が響く。
「鈍感そうに見えんのに俺の作り笑顔を見破るし」
「葵く……」
「俺のこと守るとか、本当の俺でいいとか、訳わかんないこと言ったくせに」
「……」
「……簡単に、俺から離れようとするし」
「そっ、それは葵くんが！」
　葵くんが、この関係を終わらせたんだよ？
　それに、簡単に、とか言わないでよ……。
「……うん、そう。俺のせい」
「え？」

「俺のせいだって、ちゃんとわかってる。大野と田中さんが一緒にいるところを見てイライラしてたのは、独占欲じゃなくて、ただの嫉妬だってことも」
「……」
　俺の言葉、ちゃんと聞いてて。
　なんて続けた葵くんは、余裕がなさそうで、そんな葵くんに戸惑い言葉を失った私。
「……華子と一緒にいると、調子狂うんだよ」
「……っごめ」
「華子から、離れたかった」
　その言葉を聞いた瞬間、また涙がたまっていく。
　葵くんは、私と離れたかったんだ。
　そりゃ、そうだよね……。
　耐えられなくなって、この場から逃げたくなって。
　教室を出ようとすると。
「バカ。聞いててっつったじゃん」
　葵くんにまた腕を掴まれた。
「や、やだ……っ。葵くんの言いたいことはもうわかったから！」
　だって、もうこれ以上聞いてられないよ。
　葵くんは、私と離れたかったんでしょう？
　手を振りほどこうとすると、逆にもっと力が強くなるわけで。
「じゃあ、何？」
「え……」

「俺の言いたいこと、当ててみろよ」
　そ、んなの……。
　決まってる。
　我慢してた涙が、ついに流れ落ちた。
「……葵くんは、私のことが……」
「好き」
　嫌い。
　って、そう言おうとしたのに。
　ねぇ、葵くん。
　今、なんて言ったの？
　目を見開く私に、葵くんは、……葵くんは。
「……好き」
　もう一度、確かめるように、でも、少し小さな声でそう言った。
「怖かった。華子のことを好きになるのが」
「ど、どうして……」
　昔、イメージと違うという理由で葵くんに放たれた言葉、私を好きになって、また同じことが繰り返されるのが嫌だったこと、だから無意識に逃げてたこと、全部話し終わった葵くんは、不安そうに私のことを見た。
「……俺から、離れてく？」
　その言葉に、ブンブンと首を振る。
　離れないよ。
「私は、そのままの葵くんが好きだから……」
　そう言ってから、ハッと気づいた。

わ、わた、私今……っ、何を……!?
　その瞬間、目を丸くしてる葵くんと目が合う。
「好きな人、いるんじゃねぇの？」
「だ、だからっ、それが葵くん……って、あぁもうっ……」
　かぁぁっと、顔が熱くなっていく。
　もうダメ。
　もう何にも言えないし、葵くんのことも見られないし、ていうかこの状況いったいどうすれば……。
　……って、え？
　あ、葵くん!?
「な、何を……何をしてるのっ」
　どうしていきなり抱きしめてくるのっ？
　頭が追いつかなくて、真っ白だよ？
「華子」
「は、はいっ」
　いきなり名前を呼ばれてビクッと肩が上がった。
「華子の"好き"は、友達としての？」
「えっ!?　ち、違うよ……っ」
　友達としてのじゃない。
　恋人になりたい、の"好き"だよ。
　そう言うと、ギュッと抱きしめる力が強くなった。
「……もう１回、好きって言って」
　葵くんの小さな声に、何かが込み上げてきた。
　そっと、背中に腕を回す。
「好き、です……」

私がそう言ったら、葵くんは「どうしよう」って。
「……好きな人と両想いになるのって、こんなにうれしいもんなの」
　そう呟いた葵くんは、本当にうれしそうだった。
　葵くん、私は離れていったりなんかしないよ。
　"イメージと違う"とか、そんなことも思わないよ。
「意地悪なところも優しいところも全部含めて、私は葵くんのことが好き」
　葵くんを見上げながら言うと、
「……華子のくせに生意気」
　彼は、ふはっと柔らかく笑った。

番外編

葵くんが甘いです

「華子、ちょっと話聞いてる？」
「え？　あっ、ごめん……！」
　憂鬱な期末試験が終わったその日、私は陽菜ちゃんとショッピングモールに来ていた。
　理由はただ1つ。
「三河に渡すプレゼント選びに来たんでしょー！」
「そうなんだけどっ。お店がいっぱいあるなーってビックリしちゃって！」
　クリスマス用のプレゼントを買いにね。
　ちょうど1週間後がクリスマスだから、陽菜ちゃんにお願いしてついてきてもらったんだ。
　でも男の子に何を渡していいのかさっぱり……。
　女の子だったら、入浴剤とかアクセサリーとか、わかりやすいんだけど……。
「うーん、何がいいのかなぁ」
　よさそうなお店に入って、出て、また歩く。
　全っ然決まらないよっ！
「定番はやっぱマフラーとか手袋じゃない？」
「あっ、なるほど……」
「にしてもさぁ」
　ニヤニヤと私を見てくる陽菜ちゃんにキョトンとした。
　えっと、その笑顔は何かな？

「よかったね、三河の本当の彼女になれて」
『はぁ!?　嘘でしょっ、本当!?　何がどうしてそんなことになったの!?』
　陽菜ちゃんには、葵くんに告白をしたその日に電話で伝えた。
　あった出来事を言うと、泣きながら『おめでとう』って言ってくれたっけ。
「えへへ、ありがとう！」
「もう！　その幸せそうな顔！」
　冗談っぽく言って笑う陽菜ちゃんにつられて、私も笑ってしまった。
　いろいろ心配もかけたし、陽菜ちゃんにも何かあげたいなぁ……。
「でも、また女子たちにいじめられそうになったら言うんだよ？」
「大丈夫だよ！　この前、葵くんに"守ってあげるから安心しな"って言われたし」
「……」
　呆れたようにため息をつく陽菜ちゃん。
　え？　ど、どうしたの？
「……地味にノロケてくるの、やめてくれないかなぁ、華子ちゃん」
　って、言ってる意味がわからないよ!?
「本当は、華子がまた振り回されるんじゃないかって少し心配だったんだけど」

「へ？」
「大事にされてるんだね。安心した！」
　ポンポンと頭を撫でてくる陽菜ちゃん。
　それから、視線を前に移した陽菜ちゃんは「あ」と声を出した。
　私も視線をたどってみる。
　パチッと目が合った彼は、少しビックリした顔をしてからニコッと笑った。
「やっほー、華子ちゃん。陽菜ちゃん」
　手を振りながらこっちに歩いてくる大野くん。
　陽菜ちゃんと顔を合わせて首をかしげた。
「俺のバイト先、この近くなんだよね」
「な、なるほど……！」
　「華子ちゃんたちは……」って言いかけてから苦笑いをする大野くん。
「クリスマスプレゼント買いにきたんでしょー。愛しの彼氏くんに」
「えっ！」
「あーあ、最悪ー。そんなところに出くわすなんて」
　私と葵くんがまた付き合い始めたっていう情報は、あっという間に広がって。
　だからきっと、大野くんも知っているはずで。
　大野くんとこの話をするのは、やっぱり気まずいけど、私が暗い顔をするのはおかしいと思うから。
「よかったね、ちゃんとした彼女になれて」

「うん……ありがとう」
　大野くんは、チャラいけど優しくてステキな人だから。
　きっといい人に巡り会えるよ。
「それで？　プレゼント決まったの？」
「あ、えっと、実はまだで……」
　男の子に何かをプレゼントするのは、初めてのことだし。
　すっごい悩んでいる。
「ふーん？　ま、せいぜい頑張ってー」
「えっ、え！」
　そのまま私たちの横を通りすぎようとする大野くんは、私の焦った声にクスクスと笑った。
「言っとくけど、アドバイスとかあげないからね？」
「うっ」
　や、やっぱりそうだよね……。
　だけど、大野くんは、しょんぼりとする私の頭の上にポンと手のひらをのせた。
「彼氏くんからしてみればさぁ、どんなものでもうれしいと思うけど」
「え？」
「じゃあ、またね」
　わしゃわしゃっと少し乱暴に頭を撫でて、
「三河とケンカしたら俺んとこにおいで？」
　なんて。
　いたずらっぽく笑った大野くんは、そのまま行ってしまった。

「モテモテだね、華子」
「か、からかうのはやめてよっ」
　ニヤニヤしてる陽菜ちゃんに、プクッとほっぺたを膨らます。
　それから、よしっと頷いた。
「陽菜ちゃん、私、プレゼントするもの決めた」

　12月25日、クリスマス当日。
　ちょうど終業式と被っていたから、陽菜ちゃんは「最悪」なんて言っていた。
　学校を大掃除して、式が終わって、平均並みの成績表をもらって。
　ホームルームも終わった今、誰もいない教室で私は葵くんの隣の席で日誌を書いていた。
「華子って、日直だったっけ」
「え？　違ったけど……」
　机にほっぺたをくっつけて、つまらなさそうに葵くんは言う。
「……お人好し」
　その言葉に苦笑いをこぼした。
　でも、言い訳させてくれないかなぁ。
「日直の子が、今日彼氏とデートだって言うから」
　今日はクリスマスだし、遅れてしまったらかわいそうだもん。
「へー。おかしいなぁ、俺と華子も、このあとデートじゃ

なかったっけ」
「……あっ！」
「はぁ……。嘘だろ、バカなの？　本当に救いようがないよね、華子って」
　うぐぐっ、葵くんの視線が痛いよ……！
「ご、ごめんなさい」
「……いーよ、別に。今こうやって２人っきりになれてるし」
　ふ、と小さく笑う葵くんに、ドキッと胸が鳴る。
　つ、付き合うようになってから、その、葵くんが、甘い。
「ま、これでプレゼント忘れましたとか言ったら笑っちゃうけど」
「わ、忘れてないよっ」
「本当に？」
「葵くんの欲しがっているものとは、違うかもしれないけどね……」
　ちなみに、陽菜ちゃんには手作りのクッキーをあげた。
『えっ、いいの!?　本当に？　うれしい……ありがとう！』
　キラキラ目を輝かせていた陽菜ちゃん、かわいかったなぁ！
「じゃあ、答え合わせする？」
「え？」
　スマホを器用に片手でいじりながらそう言った葵くんに首をかしげた。
　少ししてから、「はいどーぞ」ってスマホの画面を見せてくれて。

……えっと……。
「俺が欲しいものそれなんだけど、合ってた？」
「えっ」
　　ゴクリと唾を飲み込む。
　　ほ、欲しいものがこれって……本当に？
　　葵くんが見せてくれたのは、有名なブランドの腕時計。
　　こ、こんなの高すぎて買えるわけないよ……!?
「あ、あの、これはちょっと私にはハードルが高かったっていうか……！」
「なんだ、これじゃないんだ。ざーんねん」
　　はぁ、と深いため息をつく葵くんにアワアワする。
「あのっ、でも！　頑張ってバイトして、それで……そう！　２年後ぐらいには買えるかかなって！」
「……ふはっ」
　　必死に葵くんを喜ばせようとそう言ったのに、ど、どうしてお腹を抱えて笑ってるの？
「冗談に決まってんじゃん。簡単に騙されすぎ。本当に面白いよね、華子って」
「なっ！」
　　ま、またからかわれた……！
　　クックッと笑う葵くんに、ほっぺたを膨らます。
「ひどいよっ」
「あは、ごめんって。でも、いじりがいがあるんだもん」
「もうっ……」
　　プイッと葵くんから目をそらして、日誌にシャーペンを

走らせる。
　視界の端で、また葵くんが机にほっぺたをくっつけたのが見えた。
　その格好、ちょっとかわいいからズルいなぁって、思う。
「優しくて王子様みたいな俺と、意地悪で性格が悪い俺、華子はどっちがいい？」
　どっちがいい？　って……。
　チラッと葵くんを見ると、いたずらっぽく笑ってる。
「優しいのも意地悪なのも、どっちも葵くんだから、選べないよ」
　葵くんは、意地悪だけど優しいもん。
　どっちも本当の葵くんだ。
「……相変わらず、うれしいこと言ってくれるね」
　そう続けた葵くんは、ふわりと柔らかく笑った。
　ドキッ。
　私……。
「私、葵くんのその笑った顔、好きだなぁ」
　ポツリと呟いた言葉に、葵くんは目を見開いて「……ズルい」って。
　え？
　と、声にする前に、ガタッと葵くんが立ち上がった。
　気づいた時には、葵くんの顔が間近にあって。
　反射的に後ろに引こうとすると、葵くんが手のひらを頭の後ろにおいてそれを阻止するから。
　思わず目をつむると、柔らかいものが唇に当たった。

「っ」
　コツンとおでこを当てて、ジッと私を見る葵くん。
「あ、葵くん、近い……っ」
　私、今……絶対に顔赤いよ。
　ドキドキしすぎて心臓が痛いよ。
「顔、真っ赤」
「だって、葵くんが」
「俺が？」
「キスしてきたし、近いし……」
「でも」
　クスッとキレイに笑う葵くんに、息が止まりそうになる。
「嫌じゃないだろ」
「っ、う」
　何も言えないでいる私に、葵くんは満足したようで。
　スッと私から離れたかと思えばカバンを持って教室から出ようとする。
「それ、書き終わったんでしょ。行くよ」
「あっ、ま、待って！」
　慌てて私も自分のカバンと日誌を持って、葵くんのあとに続いた。
　廊下が思っていたよりも暗くてビックリ。
　まだお昼の時間なのに……。
　そういえば、今日は午後から雪が降るって天気予報で言ってたっけ？
「雪、降るかなぁ」

「えー……」
　職員室で先生に日誌を渡して、下駄箱でローファーに履き替える。
　葵くん、嫌そうな顔。
　寒いのは、嫌い？
　……あ、でも……。
　校門から出て空を見上げると、パラパラと、白い雪が降ってきた。
「あー、寒い。凍え死ぬ」
　しかめっ面の葵くんに苦笑い。
　……よ、よし。
　ゴクリと唾を飲み込んで、カバンの中からラッピングしてあるプレゼントを取り出した。
「葵くん、これ、クリスマスプレゼント」
　本当はもっとあとで渡そうと思ってたんだけど、寒がっている葵くんにちょうどいいかなって。
「わ、すげ。」
「よかったら使って！　今日寒いし」
　葵くんにプレゼントしたのは……赤と黒のチェックのマフラー。
　定番のものになっちゃったけど、やっぱりこれにして正解だった。
「あったかい？」
　さっそく首に巻いた葵くんは、コクコクと頷いてくれた。
　鼻先まで埋めていて、かわいいなぁ、なんて。

「じゃあ、行こっか」
「待って」
　私の手首を掴んで、引き止めた葵くんに首をかしげる。
「これは俺からの」
「え」
　右の手首に、あっという間につけられたのは、キラキラ光るシルバーのブレスレットで。
　小さなお花がついていて、とってもかわいい……。
　バッと葵くんを見る。
　い、いいの？
「これ、もらっちゃっていいの？」
「はぁ？　当たり前じゃん。もらってよ」
　その言葉を聞いて、パァァッと顔を輝かせる。
「ありがとう、葵くん！」
　ニッコリと笑うと、なぜかため息をつかれた。
　はぁ、って。
　ど、どうしたの……？
「あー……華子ってさ」
「うん、何？」
「かわいいよね」
「え!?」
「俺、華子が欲しいなぁー」
「ええっ……!?」
　好きな人にいきなりこんなこと言われたら、誰だってビックリするし、恥ずかしくなるよね？

目を丸くして固まってる私に、葵くんはふっと笑って。
　その顔にも、ドキンと心臓が音を立てるから。
　もう、本当にやめてほしい。
「ねぇ、華子」
「へっ」
　名前を呼ばれたかと思えば、
「っ、な……！」
　葵くんはもう一度、私にキスをした。
「あ、甘いっ」
「は？　何が」
「葵くんがっ」
「何それ、かわいいこと言うね」

かわいいこと言うのやめてよ

　1月9日、始業式。
　久しぶりの学校に、少しワクワクしてる。
　……だって、久しぶりに葵くんに会えるから。
『えっ、じゃあ三河、今ハワイにいるの？』
『うん、そうみたい。家族旅行で冬休みは毎年そこで過ごしてるんだって』
　葵くんと一緒に過ごせたのは、クリスマスのあの日だけ。
　冬休み中に遊んだ陽菜ちゃん、ビックリしてたなぁ。
　まぁ、私も寂しくなかったって言ったら嘘になる。
　でも……。
　右手首につけているブレスレットを見て、ふふっと小さく笑う。
　これをもらったことがうれしくて、寂しさなんか吹っ飛んでしまった。
　先生にバレないようにしなきゃ。
　没収されたら私泣いちゃうよ。
「おはよう、陽菜ちゃん」
　教室にはもう陽菜ちゃんがいて。
　「おはよー！」って、手を振る。
　少し伸びた髪の毛を1つに結んでいて、大人っぽくなっていた。
「この前遊んだ時に撮ったプリクラね、お母さんに見せた

ら華子のことかわいいって言ってたよ」
「ううう……、それはプリクラがかわいく撮ってくれたからだよ……」
　陽菜ちゃんのお母さん、実物はかわいくないです……。
　そんな会話をしていると、チャイムが鳴った。
　先生が入ってきてホームルームが始まる。
　葵くんの席を見ると、そこはぽっかり空いたまま。
　葵くん、遅刻かな？
　遅刻なんて珍しいな……。
「えーっと、今日、三河は欠席な」
　先生の言葉に瞬きをパチパチ。
　あ、葵くん休み？
　どうしたのかな……。
「せんせー！　葵くん、なんで休みなんですかー？」
「あー、風邪だそうだ」
　葵くん、大丈夫かなぁ？
　なんていう女の子たちのヒソヒソ声が広がる。
　葵くんでも風邪引くんだなぁ……。
　心配だな。
　──ブブッ。
　陽菜ちゃんからメッセージを受信したのは、そんな時。
　先生にバレないようにそっと内容を確認する。
【看病しに三河んとこ行きなよ！】
　えっ。
　か、看病？

陽菜ちゃんのほうの席を見ると、親指を立ててグッドポーズなんかしてる。
【最近会ってなかったんでしょ？　彼女なんだからそのぐらいしたって大丈夫だよ】
続けて送られてきたメッセージはこんな文で。
たしかに、葵くんの顔を見たいような気もする……けど、
【迷惑じゃないかなぁ？】
おうちの人もいるだろうし、私が行かなくてもいいんじゃ……？
【じゃあもし、三河が家に1人きりだったらどうする？】
えっ。
【熱で倒れてたりしたら大変だよ？】
うっ……そう言われたら不安になっちゃうよ！
【わかった、放課後行ってみるね】
本当に大丈夫かなぁ？
なんて、そう思いながら先生の話を聞いて、始業式の校長先生の話も聞いて。
あっという間に学校は終わった。

「じゃあね！　進展があったら報告よろしくっ」
陽菜ちゃんはそう言って、さっさと部活に行ってしまったし……。
もう、陽菜ちゃん、絶対に楽しんでるでしょう？
はぁ、とため息をついて葵くんの家へと向かう。
先生からもらった住所が書かれてるメモを頼りに、住宅

街を進んでいく。
　ついでに学校のプリントも一緒にもらった。
　スーパーでゼリーとか食べやすそうなもの、スポーツドリンクなんかも買ったし……。
　だ、大丈夫だよね？
　ゴクリと唾を飲み込んで、高層マンションの前で足を止めた。
「た、高っ……！」
　葵くんってお金持ち？
　マンションが豪華すぎて、入るの緊張しちゃうよっ？
　私の家なんかとは天と地ほどの差だよっ！
「うわぁ、オートロックだ……」
　すごい。
　これがついているだけで特別感を感じる……。
　えっと、葵くんの家の部屋番号は、602号室。
　ピ、ピ、と押すと、呼び出し音が聞こえてきた。
　そのあとガチャッと、誰かが出た音がして「あの」と声を出した瞬間、
「へ？」
　ピーッと、すぐそばの自動ドアが開いた。
　は、入っちゃっていいのかな？
　おそるおそる中に入って、エレベーターを使って６階へ。
　602号室のインターホンを鳴らす。
　な、なんか緊張してきた……。
　悪いことしてるわけじゃないのに、冷や汗がすごいよ。

しばらくするとガチャッとドアが開いたから、ビクッと肩が上がってしまった。
「……なんで華子がいるわけ」
「あっ、葵くん、顔色がよくない……」
「バカ、風邪引いてるからに決まってるだろ」
　中から出てきた葵くんは、ものすごく辛そう。
　声掠れてるしだるそうだし、咳もしてる。
　で、でも、ドアにもたれかかって腕組みをしてる葵くん、い、色気がすごい……。
　って、こんなことを考えている場合じゃない！
「いきなり来てごめんなさいっ。あのね、学校のプリント届けに来たのと」
「……と？」
「その、看病しに……」
　小さくそう言うと、はぁーって深いため息をつかれる。
　ううっ、やっぱり迷惑だった……？
「あの、じゃあおうちの人に買ってきたもの渡して帰るね。
　それで、えっと……」
　お母さんとか、どこにいるんだろう？
「親ならいないけど」
「えっ」
　葵くんの言葉に目を丸くする。
「まだ、ハワイ。俺だけ先に帰ってきたから」
「あ、そうなんだ……」
　でも、家に１人ってことは、食べるものを用意するのも、

全部自分でやってるの?
　風邪を引いてるのに?
　それってすごく、大変だよ……!
「俺もらうから帰っていーよ。わざわざありがと」
　ん、と手を出した葵くんに、ブンブンと首を振る。
　こんなに辛そうな葵くんを1人にできないよっ。
「心配だし、やっぱり看病させて?」
　家に1人ならなおさら!
　私にもできることはあると思うしっ。
「……あのさぁ」
　掠れた声でそう言った葵くんは、またため息をついて。
「親がいないってことは、俺と華子は今、2人っきりてことだけど」
「うん、わかってるよ?」
「わかってねーだろ、それ。腹立つー……」
　顔をしかめて、ゴツンとドアに額を当てた。
「風邪引いてる時ってさ」
「え?」
　ゆっくりと腕を伸ばして、私の首筋をそっと触る葵くん。
「うまく理性をコントロールできないわけ」
　そのまま、その手を上に動かして、今度はほっぺたをスルリと撫でた。
「華子のこと襲うかもしんねぇけど、いいの」
「おそっ……!?」
　葵くんのとんでもない発言に、風邪のせいで2割増しの

色気に、みるみる顔が熱くなっていく。
「どうなっても知らねぇけど」
「っ」
　気怠そうに言って、親指で唇をなぞる。
　私は、ギュッとスカートの裾を握った。
「……ほ、本当はっ」
　やっとの思いで声を出して、葵くんを見る。
　本当は。
「葵くんの顔が見たかっただけなの……」
　冬休み、全然会えてなかったから、
「葵くんが、その、恋しくて……」
　離れるの、嫌だなって。
　顔を見たらそう思ってしまった自分がいた。
　小さくそう言って葵くんを見ると、いつもの余裕そうな顔が崩れていて、少し戸惑う。
「葵くん？」
　もしかして、さらに気分悪くなったとか？
　葵くんが心配で、ほっぺたに添えてあった手を両手で包み込んだ。
「葵くん、大丈夫？」
　顔を覗き込むと、目を見開いて。
「っ、バカ……煽んな」
　目をそらしたかと思えば、グイッと私を引っ張った。
　か、風邪を引いてるのにどこからそんな力が出るの？
　パタンと閉まったドアの音を聞きながら、そんなことを

頭の中で考える。
　玄関で私のことをギュッと抱きしめる葵くんは、本当に熱くて。
「葵くんっ、熱高い！」
「華子のせいだよ、俺のことどうしたいわけ……」
「か、看病したいのっ」
　ぐったりとしている葵くんを寝室まで連れていこうと、廊下をのそのそと歩く。
「あー、華子の匂いがする」
　鼻をすり寄せる葵くん。
　こうやって甘えてくるのも、熱のせい？
　１つだけドアが開けっぱなしだった部屋を覗くと、ベッドがあった。
　たぶんここが葵くんの部屋、だよね？
「……華子」
「どうしたの？」
「俺も華子に早く会いたかった」
　不意打ちの言葉に、口をパクパクとさせることしかできない私。
　もうっ、ズルイよ、葵くん。
　なんとかベッドに寝かせて、熱を測ってもらう。
　──ピピピッ。
「わっ、38度だって」
「……お願いだから、もう煽ったりすんなよ」
　腕で目元を隠しながらそう言う葵くんに、ちょっとムッ

とする。
　自分のことを心配してほしいよ、私はっ。
「何か食べた？」
「食欲、ない」
　ガラスのテーブルの上にある薬にも、手をつけてないみたい。
　薬も飲めないほど、しんどかったのかな……。
「私、お粥を作ってくるね。キッチン借りてもいい？」
　コクリと頷く葵くん。
　いつもより素直だし、さっきも甘えてきたし、ちょっとかわいいかも。
　私の家のよりもキレイで広いキッチンでレトルトごはんを見つけたので、手早く即席のお粥を作る。
　少しだけ味見すると、熱さもちょうどよさそう。

「葵くん、起きて食べられる？」
「……」
　お粥を部屋に運び、葵くんが体を起こすのを手伝うと、ジッと私を見てきた。
　……うっ。
　熱を帯びているその目に耐えられなくなって、パッとそらすと。
「食べさせてくんねーの」
　甘えたようにそう言うから、もう、私の心臓が爆発しそうだよっ。

「あ、おいく……っ、ん」
　まともに名前も呼ばせてくれないし、クラクラするのに、ふわふわと気持ちよくなってきてるし、もう、なんなの。
「……顔、赤いね」
　やっと離れてくれた葵くんは、少し満足そうで。
　それに比べて私は、慣れないキスにぐったりとしてしまう始末。
　私、葵くんのこと看病しに来たんだけどな……。
　葵くんのことを軽く睨むと「なんだよそれ、もう1回やってほしいの」って言うから、慌てて首を振った。
「……もうやだ。葵くんなんか嫌い……」
「嘘つき」
　その掠れた声に、うっと言葉に詰まる。
「強引なことされても好きだろ、俺のこと」
　上から私を見下ろして、ふ、と笑う葵くん。
　……今日の葵くんは、いつもの倍、私のことをドキドキさせてくる。
「……好き」
「ん、いい子」
　ペチペチとほっぺを軽く叩いた葵くんは、そのままギュッと私を抱きしめて寝ようとする。
　ベッドから出ようとしたって無駄なんだろうな……。
　諦めた私は、大人しく葵くんに抱きしめられることにする、けど。
「……絶対、風邪うつっちゃうよね……？」

「深いやつしたからね」
「どうしよう……」
「いーじゃん、別に。俺が看病すれば問題ないだろ」
　……もし、葵くんに看病されることになったら、うんと甘やかしてもらおう。
　それと、今は少しだけ寝かせてもらおう。
　頭の中でそう考えて、私はそっと目をつむった。

葵くんと私の恋愛契約

　２月18日。
　学年末試験までちょうど１週間前。
「ねぇ、華子。数学の提出物ってなんだっけ」
　私、田中華子、ちょっと気になることがあります。
「……聞いてねぇの？　まぁいいや」
　学校帰り、ガラスのテーブルに向かい合わせに座って、教科書とノートを広げて。
　そんな私たちがいる場所は、葵くんの部屋。
　ここに来るのは看病しにきたあの日ぶり。
　その時のことを思い出したら、ボッと顔が熱くなった。
「華子さ、なんで顔赤くしてんの？　もしかしてエアコンが効きすぎ？」
　葵くんの言葉に、ブンブンと首を振る。
　違う違う、そんなんじゃなくて……。
『田中さん』
　葵くんは、２人きりじゃない時は私のことをそう呼ぶ。
　いやっ、別にそれがダメとかじゃないよ？
　２人きりの時は『華子』って呼んでくれるし。
　ただ……。
「……ん？」
　私と目が合った葵くんは、首をかしげる。
　うう、うちで勉強する時だけメガネをかけるとか聞いて

ないよ。
　カッコいいなぁ。
　こんなにカッコいい人が彼氏だなんて、私って本当に贅沢者。
「華子」
「えっ、あ、はいっ」
　私のことを呼んで、頬杖をつく。
　メガネを外すその仕草もカッコよくて、思わず見とれてしまった。
「さっきから勉強が進んでないみたいだけど」
「うっ……」
「勉強じゃなくて俺とイチャイチャしてーの？」
「ええっ!?」
　な、何を……何を言うの葵くんっ！
　クスクス笑わないでっ。
「俺はそれでもいいけど、どうしたい？」
　顔を覗き込んで、いたずらっぽく笑う葵くんにかぁぁっと顔がまた熱くなった。
「べ、勉強シマス」
「はい、じゃあ集中して」
　トンとおでこを人差し指で突いて、ふ、と今度は優しく笑うから。
　ず、ズルいなぁ。
「で、数学の提出物ってなんだっけ」
「えっと、ワークと配られたプリント……」

でも、やっぱり私、本当の彼女になったんだから、みんなの前でもこうやって下の名前で呼んでもらいたいな。
『葵くん、これバレンタインのチョコ！　受け取ってくれる？』
『ありがと。でも小林(こばやし)さんの気持ちだけ受け取っとくね』
　この前のバレンタインの時のことを思い出した。
　葵くんは、いまだに王子様キャラを通していて、嫌じゃないのかな？って思うんだけど、『"本当の俺"を華子にだけ見せるって、特別感があっていいでしょ』
　本人は、前とは違ってそれを楽しんでいるから。
　葵くんがそう決めたのなら、私は何も言えないもんね。
　それに、たくさんの女の子からチョコを渡されていたけど、全部断ってくれていた。
『田中さんのチョコしかいらねーし』
　本当に、ステキな彼氏だ、葵くんは。
　でもね、葵くんは女の子のこと全員に"さん付け"をするの。
　どうしてだろうって、すごく不思議に思ったから、聞いてみたことがあった。
『どうして女の子みんなに"さん付け"をするの？　下の名前で呼んでって言われない？』
『何、そんなこと気にしてるの？』
『だ、だって！　気になるものは気になるんだよ……！』
　私の言葉に、葵くんはクスクスとおかしそうに笑ってたっけ……。

『下の名前で呼ぶとさぁ、なんか一気に距離が近づいたように思わない？　嫌なんだよね、それが』
『そ、そうなんだ……』
『名字(みょうじ)で呼ぶのは、これ以上仲よくするつもりはないよって意味で、俺なりに女たちに線引きしてただけ』
　だから葵くんは、女の子たちみんなのことを"さん付け"する。
　……でも、でもね？
　すごくワガママかもしれないけど、私のことは名字じゃなくて下の名前で呼んでほしいなぁ……って。
　２人きりの時に名前を呼んでくれるなら、みんなの前でも呼べるよね？
　最近はそんなことばかり考えてしまう。
「……あの、葵くん」
　勇気を出して葵くんの名前を呼ぶ。
　数学の教科書から視線を外さないまま、「何」って答える葵くん。
「葵くんは、私のこと、みんなの前では田中さんって呼ぶよね」
「それが名前だからね」
「……私は、葵くんのことは"葵くん"って呼ぶよ？」
「それが俺の名前だからだろ。こうやって２人きりの時には華子って呼んでるんだからいいじゃん」
　むうっ……。
　どうしたら葵くんに伝わるの？

「あのさぁ……」
　膝の上でギュッと握っていた手のひらから視線を上げると、ニヤニヤと笑顔を浮かべている葵くんが。
　な、何？
「ちゃんと言ってくんなきゃわかんないんだけど？」
「なっ」
　葵くんっ！　私が言いたいこと絶対わかってるでしょ!?
　その顔は、私で遊ぼうとしている顔だよっ。
「だ、だからっ」
「うん」
「みんなの前でも『田中さん』じゃなくて……」
「じゃなくて？」
　うう、もう言うしかない。
「……"華子"って、呼んでほしいな」
　私はかなりの勇気を振り絞ってそう言ったのに、葵くんときたら、おかしそうにクスクス笑う。
「もしかして、この前に言った名前の呼び方のこと、気にしてんの？」
「うっ……」
「心配しなくても、華子は俺の特別だけど」
　うう、また恥ずかしげもなくそんなことを言う。
「こんな俺の言葉だけじゃ信じられない？」
　い、意地悪だ。
「で、でも……」
　葵くんの言葉が信じられないわけじゃない。

だって私は、葵くんの彼女でしょ？
「まわりの子たちが、私は葵くんの特別だってすぐわかるくらいのものが欲しいの」
　少し大きな声を出すと、葵くんはビックリしたように目を丸くした。
　わかっているよ、かなりのワガママを言っていることくらい。でも、どうしても下の名前で読んでもらいたいんだもん……。
「ふは、ほんと、かわいいこと言うね」
「わっ、笑わないで！」
　もう、ひどいよ。
　プクッとほっぺたを膨らますと「ごめんごめん」って。
「まぁ、たしかに、みんなの前では田中さんって呼んでたし。いつか呼んでやるよ」
「えぇっ……！」
　いつかって……いつ？
　今すぐにでも呼んでほしいのにな。
「顔に出すぎだから。素直だね」
「だ、だって！」
　呼んでもらいたいんだもん。
　……なんて。
　ちょっとワガママすぎだよね？
　いつか呼んでくれるって言ってくれたんだし、その時を待とう。
　はぁ、とため息をつく。

かなり勇気出して言ったんだけどな……。
「華子」
　　　大人しく勉強しよう、と思って教科書に視線を移した時。
　　　葵くんに名前を呼ばれた。
　　　え？
　　　なんて声に出す暇もなく、グイッとネクタイを引っ張られる。
　　　そっと触れた唇に、目を見開いた。
　　　しかも、それだけじゃない。
　　　葵くんは、今度は私の耳元に唇を寄せて、それで……。
「華子」
　　　……再び囁かれた私の名前。
「華子って名前、好き」
「っ、え」
「もちろん華子のことも好きだから、みんなの前で気安く呼びたくないの」
「なっ……」
　　　ふ、不意打ちだよ。
「顔、真っ赤」
「そ、そうさせてるのは葵くんでしょっ？」
　　　ドキドキさせる天才だ、本当に。
「……私の困った顔が見たいから、ドキドキさせるようなこと言うんでしょ」
　　　ふて腐れたように言うと、はぁ？って眉を寄せる。
「まぁ、それもあるけど、でも……」

「でも？」
「本当にそう思ってんだから、仕方ねーじゃん」
　うっ、ほらまた。
　サラッとドキッとさせるようなこと言っちゃって。
「……そういうふうに思ってくれるのは、私だからなのかな……」
　小さく呟いた。
　ねぇ、ちょっと自惚れちゃっても、いいの？
　期待しても、いい？
　おそるおそる葵くんを見ると、ふっ、と優しく笑ってくれる。
　好きだって思うのも、一緒にいたいって思うのも、本当の俺でいられるのも。
「全部、華子だからだよ」
　頬杖をついて、私を見つめる葵くん。
　その言葉を聞いただけで、じんわりと胸が温かくなってくる。
「……ありがとう」
　ちょっと、感動してしまった。
　そんな自分に、苦笑いをこぼす。
「……ところで、いつかっていつ？」
「さぁね。俺の気分次第だから」
「い、意地悪だ……」
「意地悪だって知ってて好きになったのは華子だろ」
「……葵くんは、意地悪だけど優しいもん」

意地悪で、腹黒くて、口が悪い。
　だけど、優しい。
　とっても、優しい。
　私は葵くんのそんなところが好きだ。
「ふは、何それ。本当に思ってる？」
「お、思ってるよ？」
　なんとか信じてもらいたくて、葵くんを見つめると。
「……俺にメチャクチャにされたくなかったら、その上目遣いやめようか」
「えっ!?」
「はー……本当、生意気。どこでそんなこと覚えてきたんだよ」
「えっ、あ、あの……ちょっと近いような気がするのは、私の気のせい？」
　３ヶ月限定の恋愛契約から始まった私たちは、まだ、本当の恋愛を始めたばかり。
「気のせいじゃねーよ」
　ニヤリと笑った葵くんは、もう一度私にキスをした。

　　　　　　　　　　　　　　　　　END.

あとがき

みなさま、こんにちは。
初めまして、Ena.です。
このたびは、『葵くん、そんなにドキドキさせないで。』をお手に取ってくださり、ありがとうございます！

前作の『1日10分、俺とハグをしよう』に続き、文庫化という素晴らしい機会をいただけて、とてもうれしいです！

お人好しでネガティブな華子と、爽やか王子と呼ばれているけれど実は腹黒い葵。
そんな2人が偽(にせ)カップルとなるところから始まるお話は、いかがでしたでしょうか。

葵にドキドキさせられっぱなしの華子をかわいく思ったり、2人のやりとりに胸キュンしたり、じれったさを感じたりしてもらえたら、とてもうれしいです。

出版に際し一部加筆修正しましたので、サイトでは知ることのなかった華子と葵の出会いのお話を、本書ではみなさまにお伝えすることができたと思います。
サイトとはまた違った雰囲気で楽しんでいただけたのなら幸いです。

この作品を通して、片想いをしているけれど相手に嫌われるのが怖くて、自分の気持ちをなかなか伝えられない方々の背中を押すことができたらいいなと思っています。

　最後になりましたが、数ある作品の中から本書をお手に取ってくださった読者のみなさま、本当にありがとうございます。
　そして、こんな私を担当してくださったスターツ出版の方々、この作品に携わってくださった関係者のみなさま、本当にありがとうございました。

2018.6.25　Ena.

この物語はフィクションです。
実在の人物、団体等とは一切関係がありません。

Ena.先生への
ファンレターのあて先

〒104-0031
東京都中央区京橋1-3-1
八重洲口大栄ビル7F
スターツ出版(株)書籍編集部 気付
Ena.先生

葵くん、そんなにドキドキさせないで。
2018年6月25日　初版第1刷発行

著　者	Ena. ©ena. 2018
発行人	松島滋
デザイン	カバー　金子歩未（hive&co.,ltd.） フォーマット　黒門ビリー＆フラミンゴスタジオ
DTP	朝日メディアインターナショナル株式会社
編　集	本間理央　酒井久美子
発行所	スターツ出版株式会社 〒104-0031　東京都中央区京橋1-3-1　八重洲口大栄ビル7F TEL 販売部03-6202-0386（ご注文等に関するお問い合わせ） http://starts-pub.jp/
印刷所	共同印刷株式会社 Printed in Japan

乱丁・落丁などの不良品はお取り替えいたします。上記販売部までお問い合わせください。
本書を無断で複写することは、著作権法により禁じられています。
定価はカバーに記載されています。

ISBN 978-4-8137-0477-5　C0193

ケータイ小説文庫　2018年6月発売

『無気力な幼なじみと近距離恋愛』みずたまり・著

柚月の幼なじみ・彼方は、美男子だけどやる気0の超無気力系。そんな彼に突然「柚月のことが好きだから、本気出す」と宣言される。"幼なじみ"という関係を壊したくなくて、彼方の気持ちから逃げていた柚月。だけど、甘い言葉を囁かれたりキスをされたりすると、ドキドキが止まらなくて!?
ISBN978-4-8137-0478-2
定価:本体590円+税

ピンクレーベル

『葵くん、そんなにドキドキさせないで。』Ena(エナ)・著

お人好し地味子な高2の華子は、校内の王子様的存在だけど実は腹黒な葵に、3ヶ月限定の彼女役を命じられてしまう。葵に振り回されながらも、優しい一面を知り惹かれていく華子。ところがある日突然、葵から「終わりにしよう」と言われて…。イケメン腹黒王子と地味子の恋の行方は!?
ISBN978-4-8137-0477-5
定価:本体570円+税

ピンクレーベル

『ごめんね、キミが好きです。』岩長咲耶(いわながさくや)・著

幼い頃の事故で左目の視力を失った翠。高校入学の春に角膜移植をうけてからというもの、ある少年が泣いている姿を夢で見るようになる。ある日学校へ行くと、その少年が同級生として現れた。じつは、翠がもらった角膜は、事故で亡くなった彼の兄のものだとわかり、気になりはじめるが…。
ISBN978-4-8137-0480-5
定価:本体570円+税

ブルーレーベル

『新装版 桜涙』和泉あや(いずみあや)・著

小春、陸斗、奏一郎は、同じ高校に通う幼なじみ。ところが、小春に重い病気が見つかったことから、陸斗のトラウマや奏一郎の家庭事情など次々と問題が表面化していく。そして、それぞれに生まれた恋心が3人の関係を変えていき…。大号泣必至の純愛ストーリーが新装版で登場！
ISBN978-4-8137-0479-9
定価:本体590円+税

ブルーレーベル

ケータイ小説文庫　好評の既刊

『1日10分、俺とハグをしよう』Ena.・著

高2の千紗は彼氏が女の子と手を繋いでいるところを見てしまい、自分から別れを告げた。そんな時、学校一のプレイボーイ・泉から"ハグ友"になろうと提案される。元カレのことを忘れたくて思わずオッケーした千紗だけど、毎日のハグに嫌でもドキドキが止まらない。しかも、ただの女好きだと思っていた泉はなんだか千紗に優しくて…。

ISBN978-4-8137-0423-2
定価：本体 560 円+税
　　　　　　　　　　ピンクレーベル

『この幼なじみ要注意。』みゅーな**・著

高2の美依は、隣に住む同い年の幼なじみ・知紘と仲が良い。マイペースでイケメンの知紘は、美依を抱き枕にしたり、おでこにキスしてきたりと、かなりの自由人。そんなある日、知紘が女の子に告白されているのを目撃した美依。ただの幼なじみだと思っていたのに、なんだか胸が苦しくて…。

ISBN978-4-8137-0459-1
定価：本体 560 円+税
　　　　　　　　　　ピンクレーベル

『君に好きって言いたいけれど。』善生茉由佳・著

過去の出来事により傷を負った姫芽は、誰も信じることができず、孤独に過ごしていた。しかし、悪口を言われていたところを優しくてカッコいいけど、本命を作らないことで有名なチャラ男・光希に守られる。姫芽は光希に心を開いていくけど、光希には好きな人がいて…？　切甘な恋に胸キュン‼

ISBN978-4-8137-0458-4
定価：本体 590 円+税
　　　　　　　　　　ピンクレーベル

『新装版 地味子の秘密 VS 金色の女狐』牡丹杏・著

みつ編みにメガネの地味子として生活する杏樹は、妖怪を退治する陰陽師。妖怪退治の仕事で、モデルの付き人をすることに。すると、杏樹と内緒で付き合っている陸に、モデルのマリナが迫ってきた。その日からなぜか陸は杏樹の記憶をなくしてしまって…。大ヒット人気作の新装版、第2弾登場!

ISBN978-4-8137-0450-8
定価：本体 630 円+税
　　　　　　　　　　ピンクレーベル

ケータイ小説文庫 好評の既刊

『愛は溺死レベル』 *あいら*・著

癒し系で純粋な杏は、入学した高校で芸能人級にカッコいい生徒会長・悠牙に出会う。悠牙はモテるけど彼女を作らないことで有名。しかし、杏は悠牙にいきなりキスされ、「俺の彼女になって」と言われる。なぜか杏だけを溺愛する悠牙に杏は戸惑うけど、思いがけない優しさに惹かれていって…!?

ISBN978-4-8137-0440-9
定価:本体590円+税

ピンクレーベル

『暴走族くんと、同居はじめました。』Hoku*・著

不良と曲がったことが大嫌いな高2の七彩。あるきっかけからヤンキーだらけの学校に転入し、暴走族"輝夜(カグヤ)"のイケメン総長・飛鳥に目をつけられてしまう。しかも住み込みバイトの居候先は、なんと飛鳥の家!「守ってやるよ」──俺様な飛鳥なんて、大嫌い…のはずだったのに!?

ISBN978-4-8137-0441-6
定価:本体590円+税

ピンクレーベル

『キミを好きになんて、なるはずない。』天瀬ふゆ・著

イケメンな俺様・都生に秘密を握られ、「彼女になれ」と命令された高1の未希。言われるがまま都生と付き合う未希だけど、実は都生の友人で同じクラスの朔は未希に想いを寄せていた。ところが、次第に都生に惹かれていく未希。そんなある日、朔が動き出し…。3人の恋の行方にドキドキが止まらない!

ISBN978-4-8137-0424-9
定価:本体590円+税

ピンクレーベル

『矢野くん、ラブレターを受け取ってくれますか?』TSUKI・著

学校で人気者の矢野星司にひとめぼれした美憂。彼あてのラブレターを、学校イチの不良・矢野拓磨にひろわれ、勘違いされてしまう。怖くて断れない美憂は、しぶしぶ拓磨と付き合うことに。最初は怖がっていたが、拓磨の優しさにだんだん惹かれていく。そんな時、星司に告白されてしまって…。

ISBN978-4-8137-0404-1
定価:本体590円+税

ピンクレーベル

ケータイ小説文庫　2018年7月発売

『俺が愛してやるよ。』SEA（シー）・著

複雑な家庭環境や同級生からの嫌がらせ…。家にも学校にも居場所がない高2の結実は、街をさまよっているところを暴走族の少年・統牙に助けられ、2人は一緒に暮らしはじめる。やがて2人は付き合いはじめ、ラブラブな毎日を過ごすはずが、統牙と敵対するチームに結実も狙われるようになり…。
ISBN978-4-8137-0495-9
予価：本体500円+税

ピンクレーベル

『みんなには、内緒だよ?』嶺央（れお）・著

高校生のなごみは、大人気モデルの七瀬の大ファン。そんな彼が、同じクラスに転校してきた。ある日、見た目も性格も抜群な彼の、無気力でワガママな本性を知ってしまう。さらに、七瀬に「言うことを聞け」とドキドキな命令をされてしまい…。第2回野いちご大賞リボン賞受賞作！
ISBN978-4-8137-0494-2
予価：本体500円+税

ピンクレーベル

『あのとき離した手をまた繋いで。』晴虹（はるな）・著

転校先で美人な見た目からエンコーしていると噂され、孤立していたモナ。両親の離婚も重なり、心を閉ざしていた。そんなモナに毎日話しかけてきたのは、クラスでも人気者の夏希。お互いを知る内に惹かれ合うふたり。しかし、夏希には彼に想いをよせる、病気をかかえた幼なじみがいた。
ISBN978-4-8137-0497-3
予価：本体500円+税

ブルーレーベル

『僕は君に夏をあげたかった。(仮)』清水（しみず）きり・著

家にも学校にも居場所がない麻衣子は、16歳の夏の間だけ、海辺にある祖父の家で暮らすことに。そこで再会したのは、初恋の相手・夏だった。2人は想いを通じ合わせるけれど、病と闘う夏に残された時間はわずかで…。愛する人との再会と別れを経験し、成長していく主人公を描いた純愛ストーリー。
ISBN978-4-8137-0496-6
予価：本体500円+税

ブルーレーベル

書店店頭にご希望の本がない場合は、
書店にてご注文いただけます。

恋するキミのそばに。
♥ 野いちご文庫 ♥

可愛いカラーマンガつき！

365日、君をずっと想うから。

SELEN・著
本体：590円＋税

彼が未来から来た切ない理由って…？
蓮の秘密と一途な想いに、泣きキュンが止まらない！

イラスト：雨宮うり
ISBN：978-4-8137-0229-0

高2の花は見知らぬチャラいイケメン・蓮に弱みを握られ、言いなりになることを約束されてしまう。さらに、「俺、未来から来たんだよ」と信じられないことを告げられて!? 意地悪だけど優しい蓮に惹かれていく花。しかし、蓮の命令には悲しい秘密があった──。蓮がタイムリープした理由とは？ ラストは号泣のうるきゅんラブ!!

感動の声が、たくさん届いています！

こんなに泣いた小説は
初めてでした...
たくさんの小説を
読んできましたが
1番心から感動しました
／三日月恵さん

こちらの作品一日で
読破してしまいました（笑）
ラストは号泣しながら読んでました。°(´つω·`｡)°
切ない……
／田山麻雪深さん

1回読んだら
止まらなくなって
こんな時間に!!
もう涙と鼻水が止まらず
息ができない（涙）
／サーチャンさん